COLLECTION FOLIO

Erri De Luca

Noyau d'olive

Traduit de l'italien
par Danièle Valin

Gallimard

Titre original :
NOCCIOLO D'OLIVA

Erri De Luca est né à Naples en 1950 et vit aujourd'hui près de Rome. Il est unanimement considéré comme l'un des écrivains les plus importants de sa génération, et ses livres sont traduits dans de nombreux pays.

Montedidio a reçu le prix Femina étranger en 2002.

PRÉFACE

En lecteur assidu d'Écriture sainte je fréquente l'hébreu ancien des premières histoires, des prophètes, des psaumes recueillis dans l'Ancien Testament. La pratique quotidienne n'a pas fait de moi un croyant. Mon expérience de lecteur qui campe hors les murs achoppe selon moi sur deux points.

Le premier est la prière, cette puissance et cette possibilité du croyant de s'adresser. Tutoyer Dieu, avec les variations que comportent l'imprécation et la supplique, relève de la merveilleuse liberté de la créature qui remonte à son origine et l'interroge, l'appelle, la secoue de sa distance. Celui qui, pour la première fois, a récité la première prière, ne peut l'avoir inventée. Il peut seulement avoir réagi à un appel par une réponse, comme Abraham avec son « hinneni », me voici. Me voici est le premier mot, le préambule de toute prière. La créature se sépare du reste de l'espèce et de la création, elle s'exclut pour établir la relation. La prière a toujours lieu dans une extrémité du champ. On lit dans le psaume 78 : « Et il les conduisit à sa frontière sacrée » (Ps 78, 54). Dieu emmène les Hébreux dans le désert, car c'est le lieu de la rencontre. Il ne les appelle pas dans un centre, sur une place, mais dans l'isolement inhospitalier du vent et de la poussière. Dans le désert : c'est le lieu physique de la prière. Le croyant fait le vide autour de lui et provoque ainsi la rencontre.

Je lis un double déplacement dans le vers du psaume : celui du peuple qui suit la grand-route du désert et celui de Dieu qui se déplace à son tour. Il a renoncé à être partout pour faire place à la créature et à la création, car lui aussi doit rejoindre la frontière pour rencontrer les siens. Le silence de Dieu est son écoute, celui qui prie le rejoint.

Je ne sais pas le faire, je ne sais pas m'adresser. Peut-être qu'un homme comme moi s'acharne à écrire justement parce qu'il ne sait même pas s'adresser aux autres et qu'il réduit l'échange à cette crampe de la main, au monte et baisse d'une plume qui trace des lettres sur une feuille. Je m'imagine que c'est ma voix, l'impulsion qui suscite un sourire, une entente, un attachement. Je ne sais pas m'adresser, je ne connais pas le pronom de la prière. Je pratique le succédané « tu » de l'Écriture.

Je parle de Dieu à la troisième personne, je lis des textes sur lui, j'entends parler de lui et je sens que d'autres vivent de lui (je demande qu'on me laisse le caractère minuscule de « lui ». Celui qui ne croit pas n'a pas le droit d'employer la majuscule). Les volontaires catholiques qui m'ont emmené avec eux pendant cinq ans comme chauffeur de convois humanitaires en Bosnie vivent de ce « lui ». Près d'eux, je remarque, j'expérimente cette invocation simple, cet orient qui protège même quand il angoisse. J'écris ces mots sous leur ombre. Je parle de Dieu à la troisième personne parce que je lis son nom dans les histoires sacrées, tous les jours. Je suis un témoin indirect : je vois les mots de l'Ancien Testament impossibles à réduire à l'œuvre de plusieurs auteurs, je vois les vies de mes amis catholiques impossibles à réduire à leur bon naturel ou à leur volonté, mais marquées d'une empreinte digitale. Avec tout ça, je reste un homme qui parle de Dieu à la troisième personne. Mon pied bute chaque jour sur cette pierre qu'est la prière, je ne peux l'enjamber, car la prière est le seuil.

L'autre obstacle est le pardon. Je ne sais pas pardonner et je ne peux admettre d'être pardonné. C'est un blasphème pour le croyant, pour lui il n'est pas de faute qui ne puisse être remise par Dieu. Rabbi Nachman de Bretslau déclarait que le repentir n'était pas une impulsion de détachement, l'élan par lequel le plongeur se détache du promontoire, mais le sentiment qui pousse un homme placé devant l'erreur, le tort, à ne pas y retomber, à ne pas en commettre d'autre, pour la première fois. Nachman dit que le repentir est un projet qui concerne le futur, plus que le regret tourné vers le passé.

S'il ne doit plus m'arriver de commettre un tort, ce sera le fait de l'écart du temps, de l'âge qui devient adulte et accumule de la fatigue, qui est une sagesse secondaire, et non le fait d'un repentir. Dans ma vie, il existe un seuil de l'impardonnable, de l'irrémédiable. Je ne peux admettre d'être pardonné, je ne sais pas pardonner ce qui a été commis. Voilà mes pierres d'achoppement qui me font rester en dehors de la communauté des croyants.

Je lis les histoires sacrées, j'en reçois l'immensité d'un sens, même en restant à la surface des mots. Ainsi, dans le premier vers du psaume lu ce matin : *Shomreni El ki hasiti bac*, « Garde-moi El parce que je me suis réfugié en toi » (Ps 16, 1) : quel privilège absolu dans la voix de David qui déclare s'être mis à l'abri de Dieu. Comment peut-il le savoir ? Comment peut-il croire que son intention de se réfugier a été exaucée ? Et pourtant, c'est ainsi, sa volonté s'accomplit du seul fait de sa foi. Il peut dire sans présomption : « Je me suis réfugié en toi. »

Et encore avant cela, il emploie avec Dieu non pas la prière mais le mode verbal à l'impératif : garde-moi. C'est un ordre. David est roi, condottiere de soldats, il sait ce qu'est un ordre. Il l'adresse à Dieu comme premier mot de son psaume. Voilà que déjà le premier vers de la journée me met en déroute par son seul sens littéral : par sa sublime arrogance, sa force naturelle, l'élan de cette façon de s'adresser, la fureur des sentiments. David, le magnifique poète des psaumes, enseigne une température de la manière de s'adresser à Dieu, une fièvre de la nécessité que je ne sais pas lire sans vaciller sur le perchoir de perroquet d'où je scrute le livre.

Ainsi, les histoires sacrées tiennent-elles compagnie à un lecteur. Je peux dire que je suis un harceleur de ces mots, que je ne les laisse pas en paix, que j'en reviens ensuite avec une poignée de cendre chaude. Quiconque a la foi trouve en revanche dans ces pages la matière dont est fait le buisson ardent de Moïse, qui brûle sans restes de combustion, sans se consumer.

PREMIÈRE PARTIE

NOTE

— Toutes les références bibliques sont traduites des propres traductions de l'auteur.

— Les psaumes sont indiqués selon la numérotation du texte massorétique.

— Les termes hébraïques sont transcrits en italiques.

AVENT

Il arriva sans être attendu, il vint sans avoir été conçu. Seule la mère savait qu'il était fils d'une annonce de la semence portée par la voix d'un ange. C'était arrivé à d'autres femmes juives, à Sarah par exemple.

Seules les femmes, les mères, savent ce qu'est le verbe attendre. Le genre masculin n'a ni constance ni corps pour héberger des attentes. Je mesure la circonstance aggravante que représente l'ignorance physique de la forme du verbe attendre. Non pas par impatience, mais par manque de résistance : même pendant mes fièvres malariques je n'avais jamais recours au répertoire inventif des verbes guérir, être en attente de.

Au cours de mes réveils matinaux, en parcourant Isaïe, je lis : « Heureux ceux qui attendent lui » (Is 30, 18). Je n'ai pas connu cette joie sage et physique. Mais plus fort encore que cette nouvelle, il est écrit dans ce même vers : « C'est pourquoi *Yod*/Dieu attendra pour vous faire miséricorde. » La première attente concerne Dieu et elle a le même verbe hébraïque *hacche*. Dans sa réduction au format de l'espèce humaine, Son temps infini se contracte dans le fini d'une attente. Dieu attend : « Pour vous faire miséricorde. » Le temps de l'Avent est à l'imitation de, il est face à l'éternité d'un Dieu qui accepte de devenir périodique, faisant irruption dans le monde certains mois fixés par sa naissance, sa mort et sa résurrection.

Celui qui a en lui les ressources pour concevoir des attentes connaît grâce au vers d'Isaïe l'immensité de l'attente correspondante de Dieu.

RÉSUMÉ DE L'INTRUS

L'année où sa mère le mit au monde n'était pas une année sainte. Son peuple, les Hébreux, avait pour loi de consacrer une année sur sept, laissant le sol en paix. Son année de naissance n'appartenait pas au cycle des années sabbatiques, au rituel imposé par le verbe *shabbat*, cesser.

Il ne naquit pas dans un moment de liesse, mais au cours d'un voyage, d'un déplacement forcé. Son peuple aimait les pèlerinages et se mettait volontiers en chemin pour célébrer des fêtes, Pâque ou d'autres, à Jérusalem. Mais lui ne naquit pas lors d'un pèlerinage. Ses parents se déplaçaient pour remplir un devoir triste et insidieux : obéir à un recensement. Aujourd'hui, nous sommes habitués à être comptés, inscrits et incorporés dans des listes, à disposer de nombreuses marques numériques. Certains estiment normal, par simple scrupule, de relever aussi les empreintes digitales de femmes et d'hommes arrivés jusqu'à nous dans leurs fuites sans fin. C'est pourquoi nous, hommes modernes, ne pouvons pas comprendre la peur des Hébreux d'alors, la ruine dont ils avaient déjà fait l'expérience quand un de leurs rois avait osé compter le peuple auprès duquel Dieu avait planté d'abord une tente, puis un temple. Ce roi obtint des chiffres erronés et subit le châtiment d'une épidémie. Les Hébreux avaient donc déjà été mis en garde contre l'arrogance de donner un nombre aux êtres humains.

Lorsqu'il naquit, son peuple était sous le joug de la puissance militaire romaine et devait donc se soumettre à l'appel imposé par les conquérants, comme des têtes de bétail. Ils n'étaient pas marqués, ça non. Comme sceau au-dessus d'eux, l'aigle romaine plantée sur leurs lieux sacrés suffisait.

Ses parents étaient en voyage vers le sud, ils allaient en Judée par étapes forcées. Aucune exception n'était admise, même une femme à la grossesse très avancée devait se rendre sur son lieu d'appel, en rang derrière tous les autres. Ils partirent ainsi à deux de Nazareth et devinrent trois à Bethléem. Il était né. Sa mère avait eu ses contractions justement là, ses muscles expulseurs obéirent à un lieu prévu et prescrit : c'est à Bethléem de Judée qu'est tenu de naître le Messie, l'intrus le plus attendu au monde. Cette année-là n'était pas sabbatique, le voyage de ses parents n'était pas un pèlerinage.

Il naquit sous la queue et l'auspice d'une comète, ce qui n'était pas un signe de bonne fortune selon les croyances et les superstitions anciennes. Aujourd'hui, on épingle sur les crèches la petite étoile à la traîne d'or, réconfort dans la nuit, mais alors la comète était un impitoyable projecteur qui dénonçait le lieu et l'événement. Matthieu écrit que trois étrangers vinrent d'un autre orient pour enregistrer le prodige déjà annoncé par leurs calculs, apportant des offrandes solennelles dignes d'une naissance de roi. Le roi au pouvoir, Hérode, se fâcha, redoutant une usurpation. Il ordonna un massacre d'enfants, de zéro à deux ans, à Bethléem et dans tout le territoire environnant. Ce fut une mesure extrême et inefficace : il est prouvé, depuis Moïse, qu'il en réchappe toujours un, le bon, résumé de tous ceux qui ont été tués. Celui qui se trouve être le reste d'innombrables absents assume et possède les énergies de ces vies entravées. Faire des miracles alors n'est qu'un petit dédommagement.

Un ange avertit son père du guet-apens en songe, ainsi s'enfuirent-ils la nuit sans attendre l'aube et c'est ce qui explique pourquoi Joseph n'informa personne du songe ni du danger. Mais cela n'explique pas pourquoi l'ange n'alla pas voir aussi d'autres pères : son autonomie de vol n'était-elle que pour un songe seulement ? Et pourquoi un ange seulement ? Il est vain de frapper à la porte d'explications, si elles n'ont pas été écrites. Un des nombreux massacres d'enfants devait avoir lieu. Il en existe aussi aujourd'hui, parmi les gamins des rues de l'Amérique du Sud, parmi les nouveau-nées des campagnes chinoises, parmi les petits enlevés par des ogres et des chirurgiens clandestins qui prélèvent et transplantent des organes. Nous sommes plus tranquilles aujourd'hui : nous savons pourquoi ils se produisent. Mais dans le récit de Matthieu, le lecteur est pris d'un doute sur l'omnipotence de celui qui n'envoya sauver d'autre enfant que le Messie.

Ainsi, il naquit et resta en vie grâce au seul prodige dont il ne fut pas lui-même l'auteur. Toute sa vie, brève, il tenta de réparer cette injustice, jusqu'à se faire accrocher sur l'obscène potence romaine qui exposait la mort en haut, bien en vue, comme une affiche. Jamais ils n'auraient pu imaginer, ces conquérants, quel genre d'icône ils étaient en train d'élever sur le Golgotha.

Ils prétendraient avoir l'exclusivité sur les droits de reproduction.

Toute sa vie, brève, il fut habité par une foule d'enfants ratés, par la douleur de leurs mères. Ainsi put-il supporter celle de la sienne au pied de la croix. Un grand nombre de ses prodiges étaient des blagues d'enfants qui jouaient au docteur, à sauver la nature en guérissant tout à coup la lèpre et les déformations. C'étaient des miracles, mais pas colossaux. Il ne mit pas d'entraves à la machine du ciel comme Josué qui arrêta le soleil à Gabaôn et la lune sur la vallée d'Ayyalôn.

Il n'ouvrit pas les eaux comme Moïse, mais il marcha dessus sans se mouiller.

Il ne créa pas le fruit de la vigne, mais, au cours d'une fête, il sut vendanger du vin à partir de l'eau.

Il ne créa pas le soleil, le feu, ni la lune, ni les étoiles déjà créées, mais il donna la vue aux aveugles, ce qui est une façon d'inventer de la lumière.

Il n'eut pas d'enfants, il ne se pourvut pas d'une descendance, mais il se querella avec sa sœur la mort et lui arracha des mains un corps déjà enseveli, le faisant revenir en arrière pour revivre, certes, mais aussi pour remourir. Il fut baptisé en eau douce, il aima la pêche, fréquenta les pêcheurs, remplit leurs filets, calma les vagues d'une tempête sur le lac de Tibériade, que son peuple appelle la mer de la Harpe. Dans les Saintes Écritures, c'est Isaïe qu'il préféra. De David, il goûta plutôt les psaumes que les exploits. C'est de lui qu'il descendait, ainsi le veut la loi du Messie. Dans la lignée de ses aïeux, il y avait une génitrice cananéenne, Tamar, et une moabite, Ruth, car le Messie est un métis et non pas un pur-sang.

Il pria l'offensé de tendre l'autre joue, plaçant l'offenseur devant le risque du ridicule, mais fixant aussi un terme à l'épreuve : les joues sont au nombre de deux et pas plus. Il n'écrivit pas, ne dicta pas, ses paroles faisaient le voyage des abeilles au-dessus des pétales ouverts des oreilles. Il sauva une femme condamnée à la lapidation en demandant à ses accusateurs que le premier qui serait pur de péchés s'avance avec la première pierre. Il savait que les hommes lancent facilement les deuxièmes. Plusieurs femmes le suivaient de place en place comme les apôtres. Il n'eut pas de prétention à l'abstinence, le célibat vint ensuite, une fois les églises fondées.

Il transpira du sang, mourut avec tout son corps, en résistant à la mort par les nerfs, le souffle, la fièvre, les plaies et les mouches autour de son agonie. Il ressuscita en entier, chair, os et promesse d'être seulement le premier des destinés à la résurrection.

S'il naissait aujourd'hui, il serait sur un bateau d'immigrés, jeté en mer avec sa mère en vue des côtes des Pouilles ou de la Calabre.

Peut-être continue-t-il à naître ainsi, sans survivre et le 25 décembre n'est-il seulement que le plus célèbre de ses anniversaires. Après lui, le temps s'est réduit à un entre-temps, à une parenthèse de veille entre sa mort et sa revenue. Après lui, plus personne n'est résident, nous sommes tous des hôtes en attente de visa. Nous, les bien nourris d'Occident, nous sommes la colonne d'étrangers en rang devant le dernier guichet.

L'ŒUVRE DE MARIE

Dans mon pays, quand on fait des parts inégales on a l'habitude de dire : « Tout à Jésus et rien à Marie. » La phrase n'est pas sans fondement : les Saintes Écritures, surtout dans l'aventure de la nativité, manquent d'équilibre dans la distribution des rôles. Le fils rayonne de lui-même plus que par l'escorte d'une étoile, Joseph prend quelques décisions difficiles, inspiré en songe par d'opportunes instructions angéliques ; Marie, en revanche, est un corps prêté par la nature à la providence. Elle tombe enceinte avant même de vivre avec son mari, un tort qui, aux yeux du monde, la ferait passer pour une femme adultère, passible de lapidation. Dans la tourmente des événements, le récit sacré suit Joseph, ses scrupules, son douloureux doute, dissipé enfin par un songe. En signe d'obéissance, il vivra avec sa femme tout le temps de la grossesse sans dormir à côté d'elle.

Marie, enceinte et intacte, sans brèche de virginité, accepte tout et couve dans le silence de son corps la chair destinée aux autels et à la potence, tandis que son sang bat autour d'un placenta d'eau bénite.

Alors, elle est à Marie la nativité, elle est sienne : tel est le très pur possessif qui revient aux mères et à personne d'autre. Ce fils est le sien, c'est elle qui le fait, avec le plus puissant et le plus naturel sens du verbe faire. Il est fait par elle, c'est d'elle qu'il reçoit sa nourriture, le format de ses organes, la mystérieuse perfection de la santé ; il sortira de sa chair fendue, de ses contractions.

Mais les sacrifices du déplacement ne suffisent pas encore, il faut aussi que les auberges soient bondées de voyageurs et, tandis que Joseph frappe aux portes, elle attend dehors, la poche des eaux rompue, près de l'âne. Et ainsi soit-il. Une étable, une couche de paille pour s'étendre et ouvrir à la nuit son bassin tout prêt. Aucune femme ne l'aide, du moins n'est-ce pas écrit. Aucun homme ne l'a connue avant, aucune femme ne la secourt après : elle est seule Marie, avec son bébé de Messie à nettoyer de son sang, à mettre au sein pour lui faire connaître, au moins là et à cette heure, tout le bien promis par les bras d'une mère. Elle est à Marie cette heure de vie nouvelle pondue au milieu d'une étable, c'est la sienne cette patience du comment faire naître, même si elle est seule pour son premier accouchement. La nativité est à Marie et, après seulement, elle sera au monde et deviendra un jour sacré dans le calendrier. À présent, c'est à elle qu'appartient cette vie sortie de ses flancs, sienne de chair et de droit.

Ensuite viendront les dures paroles de son fils, lorsqu'un jour on lui annonce la visite de sa mère et de ses frères et qu'il répond : « Qui est ma mère et qui sont mes frères ? » Et, tendant la main vers ses disciples, il dit : « Voici ma mère et mes frères. Car quiconque aura fait la volonté de mon père qui est aux cieux, celui-là m'est un frère, une sœur, une mère » (Mt 12, 48-50). Même alors, Marie se tait et subit cette forme amère de reniement : « Qui est ma mère ? » Sa mère est celle qui restera près de lui quand même ses plus fidèles disciples se disperseront, celle qui sera au pied de son agonie, contrainte d'assister et de survivre au supplice d'un fils mis à mort.

Une mère ne suffit pas à cent fils et cent fils ne suffisent pas à une mère.

Cet autre vieux dicton définit bien la bonne proportion, selon laquelle l'œuvre de naissance repose presque entièrement sur Marie, presque pas sur Jésus.

DE LA FRAÎCHEUR DE CAVE D'UN TOMBEAU

Se détacher du corps a été toute une lutte. Elle ne voulait pas mourir cette chair de trente ans, pleine de santé et d'amour. Eux, de l'extérieur, ils tiraient ma vie à force de coups de fouet et de clous, moi je poussais à coups de pied et rien, elle ne voulait pas, elle ne s'en allait pas ta création plantée si fort. Avant les flagellations, j'ai eu le temps de réciter la bénédiction des moments où l'on goûte les primeurs : « Béni sois-tu Adonaï, mon Élohim, roi du monde, qui m'as fait vivre et durer et arriver à ce temps-ci. » C'était moi la primeur, ils m'ont goûté vivant.

Ces dernières années, je ne me suis jamais arrêté. J'ai séché sur moi l'eau du baptême de Jean en allant dans le désert, mais je n'ai pu attendre en paix. Satan, avec ses trucs de prestidigitateur de village, voulait me vendre de force quelque chose de sa collection d'illusions et il m'apparaissait à tout moment. Dans le désert, il n'y a pas de porte, il n'avait même pas besoin de frapper.

Ces quelques jours de tombeau sont tous à moi, enfin. Je m'étais préparé à m'arrêter trois jours et trois nuits, comme Jonas dans le poisson, mais je sens déjà ma chair qui repart et me fera ressusciter non pas après trois plus trois, mais déjà au troisième jour. Ce tombeau tout neuf, à la fraîcheur de cave, accélère le prodige.

J'ai obéi. J'ai renoncé à ma volonté de vieillir, pour monter sur le bois romain du supplice, pour mourir sous les yeux de soldats étrangers qui se partageaient mes vêtements.

Du moins de là-haut, ai-je regardé les toits de Jérusalem. Pierre, lui, devra en plus mourir dans la ville de ses assassins.

Maintenant, je peux m'arrêter pour régler quelques comptes avant la prochaine violence de nature, la résurrection. Cette fois aussi, je serai le premier à inaugurer l'expérience. Pendant le temps bien rempli de ma mission, j'ai voulu montrer une autre possibilité de rachat. La révolution ne porte aucun fruit quand elle n'est que politique. Les faibles, les pauvres, les offensés doivent s'armer d'autre chose. Seule une révolte d'âmes en flammes, d'êtres sans défense passionnés de sainteté peut déloger de leurs trônes les multiples Rome du monde. Les agitateurs de mon peuple, les courageux zélotes se trompent : ce n'est pas avec les armes de David, mais avec ses psaumes qu'il est possible de gagner.

« Libère-moi des sangs » (Ps 51, 16) crie-t-il et il est exaucé.

À cette tâche ne pouvait suffire un prophète, un autre Jonas qui irait hurler dans une autre Ninive la condamnation du ciel. Rome est à l'abri des terreurs et des miséricordes. Il fallait un homme avec des papiers messianiques en règle, né à Bethléem et du sang de David. Un homme qui ose dire : « C'est moi. » J'ai prêché et démontré ceci : se détourner de la puissance politique, déchaîner celle qui est intérieure, la violence d'une vie humble qui ne craint pas de se perdre, qui accepte le risque de témoigner. Seul le péril d'amour, dur seulement envers soi-même mais docile pour autrui, entraîne vers une vie nouvelle. Abattre Rome sera alors un petit effet secondaire de ce nouvel amour. Ce n'est pas moi qui l'ai inventé. Le troisième livre sacré l'a déjà écrit avec un ton de commandement : « Et tu porteras de l'amour à ton prochain comme à toi-même » (Lv 19, 18). Je l'ai intensifié en moi-même au point de laisser gagner mon corps par cette énergie et il me suffisait d'effleurer une peine pour la chasser, une blessure pour la guérir. Même la mort m'obéissait, même si ramener à la vie Lazare le condamnait à une seconde agonie. Sa résurrection n'a pas été celle annoncée, l'entrée dans la vie sans fin, mais une entorse à l'ordre naturel, un vol à la tire à notre sœur la mort.

Rome tombera, captivée plus que vaincue par la bonne nouvelle. Elle tombera par une contagion d'amour entre ses habitants, désarmée de l'intérieur. Son saccage sera une formalité de l'histoire, par rapport à sa conversion, à la révolution intérieure des âmes. À l'envisager de ce petit point du temps, on dirait une chose visionnaire, mais dans ce monde seules les choses visionnaires, au plus haut degré du songe, ont la force de s'accomplir.

En attendant, moi je suis tombé, battu par les pouvoirs, comme n'importe lequel des révolutionnaires. Mais entre Barabbas, le chef de la révolte politique contre Rome, et moi, la différence est la même qu'entre la terre d'Israël et celle d'Égypte. Lui est l'Égypte, terre saturée d'eau, de canaux, qui compte sur la richesse de sa superficie. Moi je suis Israël, je dépends des pluies, je reçois tout du ciel et m'en remets à lui. Moi je dépends de Dieu, lui de la fortune provisoire d'une heure qui aujourd'hui épargne sa vie et demain écrasera l'insurrection. De cette ville de David, épouse de jeunesse du créateur du monde, il ne restera pierre sur pierre. Les mots que j'ai pu prononcer se sont fixés à chaud dans les oreilles et on s'en souviendra à l'infini. Des actions audacieuses de Barabbas, aucune ne restera en mémoire, pas même une seule.

Aujourd'hui, lui est libre et moi je suis dans cette excavation sèche offerte par Joseph d'Arimathie. Barabbas a été le préféré et c'est juste ainsi. Dans des temps de révolte, la vie courte des armes est plus populaire. La mienne est plus lente. Peut-être m'ont-ils accusé tout bonnement pour le sauver, pour donner en échange à Pilate un plus dangereux ennemi de Rome. Ils ne sauront jamais combien ils ont raison. Moi je suis l'ennemi des empires et je les renverserai.

Mon agonie forcée sur une obscène potence fera de cette machine de mort un symbole d'amour. Mes bras grands ouverts par les clous resteront jusqu'à la fin des étreintes. Pas maintenant : je vous annonce une autre *Pessah*/Pâque ; je vous attends au tournant des résurrections, après la mienne les vôtres. Nous nous rencontrerons ici, vous y viendrez.

ASCENSION

Le livre appelé Actes des Apôtres commence avec le dernier éloignement de Jésus, son élévation au ciel. Jésus a continué à apparaître aux siens pendant quarante jours et Luc, dans son évangile, tient à nous écrire qu'ils le virent vivant, donc non pas comme une vision, mais dans sa plénitude physique. C'est la belle promesse de la résurrection : qu'elle restitue les formes concrètes, que les sens en soient les témoins.

De ce jour d'adieu, après lequel Jésus ne devait plus apparaître à ses apôtres, il reste écrit un bref dialogue en ouverture du livre des Actes des Apôtres ; deux répliques seulement, mais essentielles. Certains demandent à Jésus si le moment du royaume d'Israël est proche, celui qui marque le temps final du monde. En réponse, ils obtiennent un refus, car il ne leur appartient pas de connaître ce temps-là. En revanche, ajoute Jésus, c'est à eux que revient la force de devenir ses témoins dans le monde. Jésus enseigne ainsi qu'il est vain de s'interroger sur les temps de l'échéance de la confection du monde, il est vain de chercher dans les Saintes Écritures ou ailleurs, dans les livres d'astronomie, sa date d'extinction. De nombreuses prévisions d'apocalypses ont été tentées, mais il ne nous appartient pas de connaître le terme de l'histoire. Il incombe à l'homme, s'il a la foi, de devenir témoin auprès des autres de la nouvelle sacrée. Et de sentir dans cette foi la force d'accomplir ce devoir. Et pour écarter morgue et orgueil, qu'il sache que cette force vient d'en haut et non pas d'eux-mêmes, qu'elle leur a été donnée par grâce et non par mérite.

Au terme du bref entretien, les apôtres le voient se hisser au-dessus d'eux et flotter en l'air pour disparaître dans un nuage. Ils ne voient pas plus loin, les sens ne vont pas plus loin, ni les leurs ni les nôtres. Plus loin, il y a seulement la foi et cette force qui descend du haut, saisit une personne et la lance dans le monde pour raconter.

Tel est le témoin direct, celui qui vient au nom de Dieu. Mais tous ceux qui, comme moi, n'ont ni force ni foi peuvent du moins reconnaître dans ces personnes l'empreinte digitale, la trace du soulier de Dieu. Alors, même celui qui a du mal avec le ciel peut devenir un témoin indirect. Même s'il n'a pas vu Jésus se hisser dans les airs, il peut dire qu'il a vu la force de la foi descendre dans un de ses semblables. Il peut dire qu'il a vu la nouvelle dans un autre.

SECONDE PARTIE

NOYAU D'OLIVE

Chez nous, on appelle Ancien Testament un recueil d'écritures saintes du peuple hébreu. Dans sa langue d'origine, il a pour titre *Mikra*/ lecture. Parce que telle est sa valeur d'usage, être lu à haute voix dans les assemblées des rites, dans les sabbats, dans les fêtes. Et même quand on le lit pour soi, dans un moment de liberté à l'écart des autres, la règle impose le mouvement des lèvres et pas seulement la lecture avec les yeux. Le corps doit participer, souffle et lèvres du moins, accompagnant le voyage des paroles antiques, se faisant leur porteur.

L'événement de ces écritures, c'est la révélation : un Dieu, unique et solitaire, a fait le monde au moyen de sa voix, en commençant par la lumière. Il l'a extrait du néant, se souciant, avec le même empressement, de l'infini immense et de la particule.

Une bonne partie de l'humanité n'est pas en état de remonter à Dieu. Avant même l'acte de foi, l'acte de confiance réclame trop d'effort. En non-croyant, je reste un passant d'écritures saintes et non un résident. Je me déplace le long des lignes parallèles d'un autre alphabet, fermé en vingt-deux lettres disposées entre l'aleph et le tav, qui se lisent dans le sens opposé au nôtre, donc sur des pages à feuilleter à l'envers. Je passe sur cette langue avec mon doigt et mes yeux et je me rends compte du choc, de l'impact qu'elle a subi. Une volonté de se révéler et d'agir dans le monde s'est abattue sur une langue aux mots pauvres, hostile à tout concept abstrait. Elle tombe sur des mots de trois syllabes accentués le plus souvent sur la dernière, et elle lui transmet la tarentelle-fièvre de son incandescence. Alors, sous l'urgence, les verbes commandent la phrase, l'ouvrent avant le sujet, l'anticipant même s'il s'agit de Dieu. Toutes les fois qu'on lit dans les traductions : « Et Dieu dit », on peut être sûr que l'hébreu dit : « Et dit Dieu. » Car, dans cette volonté de révélation, le dire est plus important et plus urgent que le fait même que c'est Dieu qui parle.

Toute la création, tout ce qui est la suite, l'action seconde qui relève des hommes, sont écrits en donnant la priorité à l'action du verbe. « Écoute Israël », dit la principale prière hébraïque, dans le livre que nous appelons Deutéronome et que les Hébreux appellent *Devarim*/Mots. Voilà, écouter est la première urgence, la première requête.

Lire les Saintes Écritures, c'est obéir à une priorité de l'écoute. J'inaugure mes réveils par une poignée de vers, et le cours de la journée prend ainsi son fil initiateur. Je peux ensuite déraper le reste du temps au fil des vétilles de mes occupations. En attendant, j'ai retenu pour moi un acompte de mots durs, un noyau d'olive à retourner dans ma bouche.

BERESHIT

Nous traduisons d'habitude avec assez de précision le premier mot de l'Écriture sainte : *Bereshit* qui équivaut à notre « En commencement ». Dans *Bereshit*, il y a un « b » qui correspond à « en » et il y a *reshit* qui correspond plus ou moins à « commencement ». *Reshit* vient de *rosh* qui est la tête, c'est-à-dire une partie du corps. Elle n'indique donc pas un avant et un après, une priorité temporelle. Elle indique un ordre d'importance et *reshit* est plus précisément la primeur. C'est ce qui apparaît clairement dans le verset du psaume qui dit : « Primeur/*reshit* de sagesse est la crainte de *Yod*/Dieu » (Ps 111, 10) ou comme le dit Jérémie : « Sacré est Israël pour *Yod*/Dieu, primeur/*reshit* de sa récolte » (Jr 2, 3). Pourquoi ne peut-il pas indiquer un avant et un après ? Parce que, jusqu'à ce moment-là, il n'existait ni un avant ni un après, le temps lui aussi est créé, il est même un effet de la création.

Celui qui agit, qui façonne le monde, c'est Élohim, non pas le plus solennel des noms de Dieu, non pas le tétragramme qui se manifestera plus loin. Élohim est l'auteur de la nature, celui qui la fait exister, jour après jour, pendant six jours, avec les paroles de son souffle.

Selon la tradition du commentaire hébraïque, le monde tient sur deux mesures : la justice et la miséricorde. Le nom Élohim préside à la justice, mais un monde fondé seulement sur elle n'aurait pas réussi à subsister parce que trop coupable. Alors, l'Écriture intervient au terme des sept jours de la création, septième jour compris, pour ajouter le nom le plus sacré, le tétragramme, devant Élohim. Ainsi, avec le secours de la miséricorde contenue dans le tétragramme, mis ici sous le sigle *Yod*, le monde tient.

Et quand Élohim dit : « *Iei or* », « soit lumière », quand il emploie cette langue ancienne destinée à un petit peuple isolé des autres, il enseigne que c'est ce qu'il dit qui fait naître la lumière et ainsi de suite tout le reste. Sa seule volonté muette ne suffit pas, il faut sa parole pour donner un élan à la création. Il n'existe pas d'exemple équivalent d'une importance aussi immense donnée à la parole. Nous qui en sommes des usagers, pratiquants passifs du don d'une langue, nous avons du mal à comprendre la puissance inouïe de cet instrument. Nous le considérons comme un mécanisme pour communiquer, mais ici Élohim est seul, il ne s'adresse à personne : la parole est directement son acte de création. Tout poète imite à un niveau infinitésimal l'usage de la parole de la part de Dieu.

Et les cieux et la terre qui pointent dès la première ligne de cette œuvre sont le haut et le bas, le premier principe ordonnateur de l'espace qui se prépare à contenir l'infini dont nous ignorons tout et que, depuis plusieurs milliers d'années, nous nous faisons raconter par la magnifique histoire de *Bereshit*.

SOL

L'hébreu des Saintes Écritures possède un maigre vocabulaire, à peine plus de cinq mille mots. Cette pauvreté contient une intensité de sens qui se perd souvent dans les traductions, quand un seul verbe hébreu est disloqué en divers synonymes, traduit avec des sens différents. Les verbes du travail et de la garde de la terre, *avad* et *shamar*, sont les mêmes, terriblement les mêmes, que celui du service dû à Dieu. Pour cette écriture ancienne, travailler la terre et la servir sont le même mot, le même empressement dû au service sacré. Les voici : *laavod* et *haadama*, « servir le sol » (*Bereshit/* Genèse, 2, 5) et *laavod* et *Yod Elohenu*, « servir *Yod/*Dieu notre Élohim » (*Shmot/*Exode, 10, 26).

La terre est dans la sollicitude de Dieu. Les règles du repos sabbatique, un jour par semaine, un an tous les sept ans, marquent une insistance à la protéger d'une exploitation forcenée. Elles expliquent que la terre n'appartient pas à l'espèce de l'Adam, locataire et non propriétaire du sol. « Car mienne est la terre » (Lv 25, 23) décrète la voix qui transmet à Moïse la grandiose législation sacrée. Et s'il existe une différence entre les deux services, sur la terre et sur l'autel, elle réside dans une prémisse du cœur ; il est écrit à propos de Dieu : « Aimer *Yod* votre Élohim et le servir dans tout votre cœur et dans tout votre souffle » (*Devarim*/Deutéronome 11, 13). Dieu a besoin de cette greffe d'enthousiasme amoureux pour être servi, condition qui n'est pas exigée pour le travail-service de la terre.

Si cette coïncidence est peu de chose, on la trouve répétée au deuxième vers, *shamar,* que les traductions rendent par « garder » quand il s'agit de la terre et « observer » quand elle se réfère aux commandements de Dieu. L'hébreu ancien, en revanche, insiste pour laisser ensemble ciel et terre, sacré et sol, par l'intermédiaire d'un verbe qui les contient tous les deux. La terre est confiée comme écriture transmise. On transmet aliment et sacrement avec le même verbe, ils sont tous deux une table dressée grâce au soin des générations précédentes. Ils ont leurs empreintes et le souffle de leurs prières de remerciement.

Nous nous sommes installés bien loin de cette écriture. Nous ne reviendrons plus sur le sol avec des verbes semblables à ceux qui sont dus à Dieu. Nous avons dissocié *avad* et *shamar* (servir et garder) pour pouvoir exploiter la terre sans penser à notre condition de puces parasites de la planète, mais en nous en rendant maîtres. Ce qui a certainement été efficace pour le chiffre d'affaires, mais si l'on cherche à savoir où nous nous sommes détachés du sentiment sacré d'habitants d'un sol, il faut remonter aux deux verbes hébreux et sentir le coup sec par lequel nous avons séparé le ciel de la terre. Lire l'Écriture sainte, la lire doucement, entendre son propre souffle dire *avad* et *shamar* et, l'espace d'un moment, recoudre en soi-même l'abîme de distance.

LES DEUX SEXES

L'intensité de la lecture du verset 2, 18 de la Genèse m'incite à donner une petite explication du tout premier verset. Celui-ci dit : « Et dit *Yod* Élohim il n'est pas bien d'être l'Adam lui seul : je ferai pour lui une aide comme devant et contre lui » (Gn 2, 18). Dieu, nom qui en hébreu est offert ici dans la double forme du tétragramme plus Élohim, vient d'installer Adam dans le jardin d'Éden et il en pressent la solitude car il connaît les désirs et les manques de sa créature bien avant qu'elle puisse elle-même les ressentir et les formuler. Rashi, le plus grand commentateur juif de l'Ancien Testament, rapporte une pensée de Rabbi Éliézer sur la solitude d'Adam : Dieu pourvoit au nécessaire car, s'il reste seul, on pourrait croire qu'il existe deux autorités uniques, Dieu dans sa solitude d'Élohim, et Adam, seul sur la terre. Mais c'est justement la rupture de l'unité qui rend possible la vie de la multiplication et de la bénédiction, comme il est écrit au verset du chapitre précédent : « Et Élohim les bénit et Élohim leur dit : "faites du fruit et soyez nombreux et remplissez la terre" » (Gn 1, 28). La perte de l'unicité est la condition de toute fécondité : tout instinct portant à se suffire à soi-même, à fonder une pureté dans l'isolement est stérile et privé de bénédiction.

Le pivot du verset est la mystérieuse expression qui décrit l'intention de Dieu quand il crée la femme : « Je ferai pour lui une aide comme devant et contre lui » (Gn 2,18). Je dois traduire par deux mots — devant et contre — le mot hébreu *neghed. Khenegheddo* employé de cette façon, soit « comme devant et contre lui », n'apparaît que dans ce chapitre et nulle part ailleurs dans l'Écriture. Rashi traduit par « une aide contre lui » en expliquant que la femme sera pour lui une aide et que si l'homme ne se montre pas digne d'elle, elle sera contre lui. C'est une lecture qui rend compte de la nature décisive du féminin sans l'affubler de l'habituelle condition de génitrice. Mais ce *neghed* ne contient pas seulement le contre. Sa racine prévoit le devant, elle comporte le rang de qui se place naturellement devant une armée, et elle produit d'autre part la racine du verbe raconter, car celui qui se met à raconter une histoire se place naturellement devant les autres, non seulement frontalement, mais aussi dans ce devant vers lequel il veut conduire l'écoute des autres. Alors Dieu Élohim pourvoit à la solitude de l'Adam par une aide : « Comme devant et contre lui. » La femme qu'Adam reconnaîtra comme partie physique de lui-même, quand il se réveillera de son étourdissement, est ici annoncée avant tout comme une aide et l'effet de contraste qui se trouve dans l'élément « contre » du mot *neghed* est modéré par la particule *ke*, « comme », qui diminue l'opposition. L'élément « devant » est plus fort : elle ne sera pas à son côté, elle s'est détachée de là, car fruit d'un flanc de l'Adam, comme le dit l'Écriture et non pas avec la parole impropre « côte ». Elle vient du flanc de l'Adam, mais elle se tiendra devant lui. Comme ce sens-là est loin de la formule nuptiale qui prescrit à la femme de suivre l'homme ! La direction dans laquelle ils iront sera le résultat d'une combinaison entre deux points, placés l'un devant l'autre. Dans l'Écriture sainte, les sexes sont bien séparés et leur union est la plus forte alliance entre créatures.

CAÏN

Caïn, on connaît l'origine de son nom : sa mère l'appelle ainsi parce qu'elle dit : « J'ai acquis [*qaniti*] un homme auprès de Dieu » (Gn 4, 1). Il existe aussi des explications pour les noms d'Adam et Ève. Pour Abel, *Havel*, non ; on ne sait rien de ce mot, qui deviendra par la suite l'obsession d'Ecclésiaste/Kohelet : *havel, havalim*, que Jérôme traduit par « vanitas vanitatum ». Mais Abel/*Havel* ne peut pas être vanité : le premier tué du monde, le premier sang humain répandu et gaspillé sur le sol ne peut être accouplé à aucune « vanitas ». Atroce et non pas vaniteux, tel est le premier deuil de l'histoire sainte.

Abel, lui, on sait qu'il était berger. Son frère Caïn était paysan et offrait en sacrifice à Dieu une partie de sa récolte. Abel chercha à offrir quelque chose : « Aussi lui », *gam hu* dit le récit. Et n'ayant pas de primeurs, il offrit les premiers-nés de son bétail. C'est la première fois et Dieu se tourne alors vers cette nouvelle sorte de sacrifice. Les traductions parlent ici d'une préférence, d'un accueil complaisant de la part de Dieu. Mais l'écriture hébraïque emploie ici un verbe assez rare, *sha'à* (15 cas), qui sera placé deux fois dans la bouche de Job quand, épuisé par ses peines, il crie à Dieu : « Comment ne te détourneras-tu pas de moi et ne me permettras-tu même pas d'avaler mon crachat ? » (Jb 7, 19). Et encore plus loin, une égale invitation à laisser l'homme en paix, à ne pas fixer sur lui son regard : « Détourne-toi d'au-dessus de lui et qu'il se repose » (Jb 14, 6). Et David aussi demande à Dieu par un verbe péremptoire : « Détourne-toi de moi pour que je me reprenne » (Ps 39, 14). Le regard de Dieu sur Abel n'est pas un regard complaisant, mais Caïn l'interprète ainsi car cette offrande a attiré l'attention de Dieu, le détournant des primeurs qu'il avait apportées. Et Dieu devine ce sentiment de fureur et tente d'avertir Caïn qu'un tort est en train de monter en lui comme une inondation : il nomme cette fièvre *teshouqah*, qui est une crue d'eaux qui débordent.

Mais ce frère Abel lui a enlevé quelque chose,

en s'interposant entre Dieu et lui. Le tuer sera un acte de très pure jalousie. Car tel est l'échange entre Dieu et l'être humain depuis le début : un échange d'amour exclusif et réciproque, au point d'écrire dans les paroles du Sinaï que Dieu est *El kanna*, Dieu jaloux qui n'admet pas d'infidélité.

C'est à cette passion que succombe Abel, ignare, qui imitait Caïn dans ses offrandes, car il voulait la même chose : être lui aussi passionnément aimé de Dieu.

BABEL

Les êtres humains aiment le bâtiment. Ils ont élevé des murailles colossales, des temples sur des colonnes, des pyramides, des châteaux, des gratte-ciel, des ponts. L'Écriture sainte relate la construction complexe et inspirée élaborée par Salomon pour édifier le Temple de Jérusalem. Bien avant encore, une entreprise gigantesque et visionnaire fut conçue par l'humanité à ses débuts, d'après le récit du chapitre onze du livre *Bereshit*/Genèse : un édifice qui arriverait jusqu'au ciel. Ce fut le projet de construction le plus grandiose de tous les temps, qui lui valut pour ça l'échec le plus fécond. L'humanité avait renoncé à tout autre désir, tout autre métier : l'Écriture dit qu'elle employait des mots uniques, *devarim ahadim.* Elle s'était concentrée exclusivement sur une seule tâche, comme une société d'abeilles, de fourmis. Dieu la détourna de cette impasse :

on ne pouvait atteindre le ciel avec des pierres et de la chaux. La foule qui s'était réorganisée après le déluge était une foule apeurée. Elle rêvait d'un lieu qui ne serait jamais plus englouti, une hauteur qui fonderait une alliance avec le ciel. Tel était le but de la tour. Dieu intervint par le don mystérieux des langues qui nous contraint à apprendre les multiples façons de nommer le même soleil, le même pain. En échange, nous avons eu les alphabets, les prières, les chants. Et nous eûmes le vaste monde à habiter, nous détournant ainsi de l'illusion d'un centre. Pour la première fois, l'intention de Dieu est de disséminer l'humanité sur toute la surface de la terre. Pour la première fois, on lit sa volonté : « Et il dispersa *Yod*/Dieu eux de là sur les faces de toute la terre » (*Bereshit*/Genèse, 11, 9).

Voici qu'avec la multiplication des langues se multiplient les horizons. Plus un seul endroit du sol ne restera sans trace humaine, sans tentative de résidence. Des glaces habitées par les Esquimaux au nord, comme des peuples de la Terre de feu au sud, en remontant les degrés de latitude et de température jusqu'aux déserts : l'espèce humaine quitte la vallée de *Chinéar* pour grouiller sur la planète et devenir ainsi inextirpable. Aucun déluge ni aucune épidémie ne la balaiera, car elle résistera toujours quelque part.

Il ne fallait pas monter au sommet du ciel pour survivre, il ne fallait pas se retrancher dans une défense, mais se lancer à l'aventure du monde. Dieu enseigne ici que plus elle est variée et plus elle se met à l'épreuve, plus l'espèce humaine est forte. Toute tentative de lui donner un seul sang, une seule nourriture, une seule médecine va dans la mauvaise direction. Et un seul Dieu aussi : car il doit aimer l'infinie variété avec laquelle les créatures, bêtes comprises, l'appellent près d'elles.

ISAAC

Nous appelons « sacrifice d'Abraham » un épisode des histoires saintes qui, par une heureuse fortune, a une issue différente, car Isaac s'en tire. Même s'il est ligoté comme un chevreau sur un rocher et que son père, armé d'un couteau, est prêt à lui trancher la veine jugulaire, il est sauvé par Dieu à l'ultime et bon instant. Les Hébreux ne parlent pas de sacrifice pour lui, mais de *aqedah*, ligotage.

C'est la grande humiliation d'Isaac. C'est un garçon docile et conscient de ses devoirs. Il fait un long chemin de jours avec son père en portant le bois du sacrifice du feu. Il sait qu'ils n'ont aucune bête du troupeau avec eux, il voit son père triste et sombre, alors que d'habitude il est toujours heureux de présenter une offrande sur l'autel, d'élever vers le ciel le parfum du sacrifice.

Isaac, avec bien plus d'évidence que celle du

simple savoir, sent, devine, comprend que c'est lui la victime, que cette ascension n'a pas de descente pour lui. Isaac monte sans chanceler. Il demande à son père où est l'agneau, mais c'est pour entendre la voix d'Abraham, pour être réconforté par son assurance. En effet, il l'appelle d'abord, pour qu'il puisse lui répondre avec sa coutumière affection : « Me voici mon fils. » Puis il pose une autre question et obtient une réponse qui confirme ses pressentiments : « Élohim s'occupera de l'agneau pour le sacrifice. » Jamais jusqu'ici, les choses n'avaient été ainsi entre eux. À présent, Isaac sait. Et pourtant il avance, franchit le dernier pas vers l'autel, dépose le bois, aide à construire l'autel, à disposer correctement les fagots tout autour. Maintenant, c'est à son tour. Voilà que son père le ligote. Isaac ne réagit pas, ne réplique pas, mais comme il se sent humilié par ces liens, lui qui était monté jusqu'en haut par la seule force de sa volonté d'obéir en tout. Lui qui avait fait preuve en silence de tout le sacrifice dont on est capable quand on est jeune, il était traité comme une bête récalcitrante à l'abattoir. Il ne peut pas non plus réclamer d'être égorgé en homme libre, de collaborer jusqu'au bout. Le ligotage d'Isaac est le comble d'une obéissance qui sacrifie même sa propre dignité, qui accepte d'être mal comprise. Son père et lui sont une seule chose sur cette hauteur, mais ces liens les séparent. L'ange arrive enfin et le couteau pointé sur la gorge du fils servira à couper la corde. À la fin du chapitre, on lit le passage sur la généalogie de Nahor, frère d'Abraham (Gn 22, 20-24). Quelques femmes s'y trouvent nommées. Parmi elles, Rivka, Rébecca, qui sera l'épouse d'Isaac. Voici que l'Écriture sainte annonce la récompense qui reviendra à Isaac pour sa libre offrande de soi en sacrifice et pour l'humiliation de son ligotage.

REUVEN

« *Yod/* Dieu a vu dans mon affliction » (Gn 29, 32). Le fils dont le propre nom contient le sigle de cette phrase sait nécessairement quel était le chagrin de sa mère, elle qui lui confia, à lui l'aîné, un message si dur à porter. Reuven, Ruben est le nom d'affliction que lui donna sa mère Léa. Dans les Saintes Écritures, les femmes, grandes dames de la maternité, avaient le droit naturel de choisir les noms de leurs enfants. Léa souffrait du manque d'amour de son mari Jacob qui, lui, aimait Rachel, sœur cadette de Léa. Pour l'épouser, il avait servi leur père Laban pendant quatorze ans. Et en dédommagement de sa peine, Léa sera longtemps fertile. Ainsi, quand Léa accouche de son premier-né, Reuven, elle espère gagner la préférence de son mari. En vain : Jacob aimera toujours l'autre, tandis que Léa mettra au monde ses quatre premiers fils. À eux tous, et à ceux qui suivront, Léa donnera des noms liés à sa douleur de jamais aimée. Ces préliminaires servent à montrer la valeur des mandragores trouvées par Reuven dans le champ pendant la récolte du blé. Elles étaient rares et avaient la réputation de rendre les femmes fécondes. Cette découverte est suivie de sérieux pourparlers.

Reuven les a aussitôt apportées à sa mère Léa, toujours prêt à soulager cette souffrance qu'elle a gravée dans son nom. Rachel en demande une part à Léa, qui la lui cède en échange du droit de rester avec son mari Jacob. Car c'était Rachel qui décidait avec qui dormait leur époux commun. Reuven voyait à quoi était réduite sa mère afin de pouvoir étreindre l'homme qu'elle aimait et qu'elle avait épousé. Reuven voyait et jugeait. Après les mandragores, les grossesses reprennent et Léa fait encore trois enfants, deux garçons et une fille. Ce n'est qu'après toutes ces naissances que viendra le tour de Rachel qui aura pour premier-né Joseph et qui mourra en couches à la naissance suivante, celle de Benjamin. À ce moment-là, Jacob, au lieu de revenir vers Léa, la jamais aimée, choisit comme compagne l'esclave de Rachel, Bilha.

Et c'est la raison pour laquelle Reuven, homme accompli désormais, ne supporte pas l'ultime affront envers sa mère, commis par ce père capricieux et il viole Bilha en la contraignant à coucher avec lui, pour la déshonorer, par vengeance. Le très grave outrage, fruit de colère et d'amour blessé, n'est pas puni. Jacob comprend. Reuven, au nom scellé par la douleur de sa mère, Reuven des mandragores apportées en courant à Léa pour qu'elle soit encore fière de sa fécondité, reste un exemple de pur amour filial. Des milliers d'années le séparent de la triste légende créée autour d'Œdipe, assassin de son père à cause d'une présumée pulsion incestueuse. Reuven, en tout point opposé à lui, veut sa vie durant que sa mère soit aimée de son père.

TAMAR

En ouverture du Nouveau Testament, page un de l'Évangile de Matthieu, figure une liste de noms qui, partant d'Abraham, descendent jusqu'à Jésus, en passant par David (Mt 1, 1-17). Dans toutes ces générations désignées par le genre masculin des chefs de famille, se détache fortement le nom d'une femme, Tamar, cananéenne, qui entre ainsi dans la chaîne des naissances préparatoires du Messie. Une étrangère et elle n'est pas la seule : Ruth, la Moabite, partage également le même honneur, dans le même passage de l'Évangile de Matthieu.

Tamar épouse un premier fils de Juda, chef de famille d'une lignée d'Israël. Son mari meurt et Juda lui fait épouser son deuxième fils, qui meurt lui aussi. Il lui promet le troisième, mais il ne tient pas sa parole. Alors Tamar, qui veut devenir mère au sein du peuple d'Israël, se poste, voilée, sur la route et attire Juda comme une prostituée. Lui ne sait pas qui est cette femme avec qui il couche et n'ayant pas d'argent, il lui laisse des gages. Tamar disparaît, en gardant les objets. Elle a atteint son but, elle est enceinte. Le bruit se répand.

Juda la condamne à mort pour adultère. Mais, au moment où on la conduit au feu, elle lui dit qu'elle est enceinte de l'homme à qui appartiennent ces gages. Alors Juda, qui est le chef de son peuple, prononce devant lui la plus belle phrase qu'un homme puisse dire à une femme : « Tu es plus juste que moi », *tzadqah mimmenni.* Il ravale en public sa sentence de mort, reconnaît à la femme son droit supérieur d'obtenir grossesse et descendance en Israël, même en ayant recours au déguisement de la prostituée. Il reconnaît qu'il existe un droit qui est supérieur aux lois, que les lois sont faites pour les êtres humains, pour s'adapter à eux et non l'inverse. Juda enseigne, avec grandeur d'âme et célérité de réflexes, qu'un conflit entre articles de loi et humanité peut se résoudre en faveur de la vie.

Plus aucun juge n'est capable de ça, capable de prononcer devant une personne, même coupable, la phrase de Juda : « Tu es plus juste que moi » et d'agir en conséquence. Il existe seulement des lois que les magistrats appliquent suivant des formules comptables. Tamar est juste, son geste, aventureux et impudent, est sacro-saint. La femme des Saintes Écritures n'a pas que des obligations, elle a des droits fondés sur sa supériorité naturelle à donner la vie. Et ces droits peuvent même passer par-dessus les très dures lois du temps qui réglaient le code de la famille. Aucun ordre du ciel n'est parvenu à Tamar, elle n'a eu nul besoin d'anges ou de messagers pour agir de la sorte. Elle est autant obstinée que destinée à devenir mère en Israël et quelle mère : c'est par elle que passe la ligne du Messie. En Tamar, c'est la prophétie exécutive de la volonté de Dieu, qui réside souvent dans la force de la nature, qui agit. Le sein de Tamar devient le lieu où s'accomplit un rite décisif de passage de la révélation : le Messie aura du sang mêlé, cananéen et moabite, il sera une greffe sur des mères qui sont avant tout des femmes à la volonté immense, des femmes à qui reconnaître le plus haut degré de justice.

LE BUISSON

L'Ancien Testament aime les bergers ; le Nouveau, en revanche, préfère les pêcheurs. Jacob, Moïse, David, conduisent des troupeaux ; les apôtres de Jésus jettent des filets. Moïse devient gardien de troupeaux après avoir tué un Égyptien, après s'être enfui au loin en acceptant de surveiller les bêtes de Jéthro, qui deviendra son beau-père. Au cours d'un de ses voyages en quête de pâturage, Moïse s'engage dans le désert, en direction d'une montagne : le Horeb, appelé aussi Sinaï. C'est la montagne d'Élohim. Ainsi nous l'annonce l'Écriture à nous qui, venus après, avons le privilège de connaître l'histoire. Moïse ne sait rien de cette montagne perdue dans le désert, qui devra devenir plus tard le centre de la plus grande révélation de Dieu : la remise des deux tables des commandements. Les pas des bergers suivent des traces répétées, les pas de

Moïse tentent de nouveaux parcours. Loin de la piste, il rencontre le Sinaï et voit un ange de Dieu qui s'adresse à lui dans une flamme au milieu d'un buisson. La chose qui frappe le plus son observation n'est pas la silhouette qui se dresse dans le feu, mais la résistance de l'arbuste à l'incendie : « Pourquoi ne brûlera pas le buisson ? » (Ex 3, 3). Telle est la question de Moïse, vraiment la dernière qui serait venue à l'esprit de n'importe qui comme moi. Moïse est le seul à avoir échappé au massacre systématique de tous les nouveau-nés, mâles, juifs, noyés dans le Nil sur ordre du pharaon. Il concentre en lui l'énergie d'une génération détruite, il est un résumé de voix et de forces, il ne craint rien. Il tourne autour du buisson pour en comprendre le mystère. *Sené* est le nom hébreu, une plante qui n'existe qu'ici, dans ces versets du troisième chapitre du livre de l'Exode, que les Juifs appellent *Shmot*/Noms. C'est certainement un buisson d'épines. Moïse comprend que c'est la clé du secret. Bien sûr, il obéira à la voix qui l'appellera, lui ordonnera de retirer ses sandales et puis lui parlera de la mission colossale de la libération du peuple d'Israël. Bien sûr, il parlera et posera des questions à cette voix, mais la force de résistance et d'attraction de ce buisson sera pour lui le centre de la rencontre. Et quand il se dit à lui-même : « Pourquoi ne brûlera pas le buisson ? » il emploie le mot hébreu *maddua*, « parce que », l'équivalent en valeur numérique de *hassené*, le buisson. La coïncidence, jamais accidentelle dans l'Écriture sainte, montre que pour Moïse le buisson est « le parce que », cette plante tenace du désert, pleine d'épines et de feu, qui est le lieu de la rencontre avec Dieu et qui ne brûlera pas. Sa question n'en est plus une : « Pourquoi ne brûlera pas le buisson ? » mais une prophétie : « Parce que ne brûlera pas le buisson. » Par quatre fois, Moïse emploie l'interrogation « pourquoi », mais ici seulement il utilise le mot *maddua*, au lieu de *lamah*. Sa rime numérique avec le buisson est voulue. Le buisson ne brûlera pas parce qu'il est le peuple d'Israël qui grandira dans le désert, qui aura la voix de Dieu en son centre, et malgré la température incandescente du contact, il ne brûlera pas. Et il aura des épines et des incendies, mais son sol sera sacré et il appartiendra à Moïse d'amener un peuple tout entier en ce lieu. Parce que le buisson est le parce que et qu'il ne brûlera pas.

LE FAUX TÉMOIN

Livre *Shmot*/Exode, chapitre 20 : son verset 13 est le début de l'agglomérat le plus dense d'interdictions. « Tu ne tueras pas, tu ne seras pas adultère, tu ne voleras pas, tu ne répondras pas dans ton camarade en témoin de faux » (Ex 20, 13-16).

C'est une rafale que les tables de pierre scandent par quatre retours à la ligne et autant de mots de commandement. Ils sont côte à côte parce qu'ils se rapportent au mal que les personnes peuvent se faire, l'une envers l'autre. Ce sont des interdictions dressées comme des barrages.

En fin de verset, se trouve le délit de faux témoignage aux dépens d'un autre.

Avec le mot « camarade », l'Écriture sainte rappelle au témoin que l'accusé est, et reste, son prochain, un égal, et que lui-même pourrait se trouver à la place de l'autre.

Elle emploie l'expression « répondre dans », tu ne répondras pas dans ton camarade, selon la formule légale d'une personne appelée à déposer devant les magistrats de son peuple. Elle enseigne ainsi que sa réponse à leurs questions, posées en audience publique, va se graver dans une personne accusée et qu'elle produit toujours une lésion. Sa parole à charge est un coup qui est porté à l'autre, à sa dignité, à son nom. Elle n'est pas qu'un souffle, mais un fouet aussi. Maudit celui qui répond faussement dans son camarade.

Le livre des Proverbes, attribué à Salomon le roi sage en justice, a cette définition : « Marteau et épée et flèche acérée est un homme qui répond dans son camarade en témoin de faux » (Pv 25, 18). Un grand commentateur hébraïque, le Gaon de Vilna, explique :

« Pour éviter d'impardonnables erreurs, l'Écriture sainte exige du magistrat qu'il ne s'appuie pas uniquement sur la parole d'un seul témoin : "Sur la bouche de deux témoins ou sur la bouche de trois témoins se lèvera la parole" (*Devarim*/Deutéronome 19, 15). Un seul témoin n'est ni vrai ni faux, simplement il ne suffit pas. Dieu prononce ces lois. »

Ainsi le tort d'un homme envers un autre

BÉNÉDICTIONS

À la fin du chapitre 6 du livre appelé Nombres, il est question d'une intense bénédiction que Dieu enseigne à Moïse afin qu'il la transmette aux prêtres (Nb 6, 22-27). Et ceux-ci béniront le peuple d'Israël. En feuilletant les pages de l'Écriture sainte, on est souvent frappé par la valeur et l'efficacité des bénédictions. Le fameux épisode de Jacob qui, d'accord avec la mère de Rébecca, se déguise avec les vêtements de son frère Ésaü pour extorquer à Isaac aveugle la bénédiction paternelle enseigne que celle-ci est beaucoup plus importante que l'héritage. La suite de cette duperie peut nous sembler absurde. Ésaü va voir son père et apprend le subterfuge de Jacob. Alors, il demande par deux fois : « Bénis-moi aussi, mon père » (Gn 27, 34. 38) et Isaac se tait. Il n'a qu'une seule bénédiction et, même s'il a deux fils, la solennelle invocation de vœux et ne regarde pas qu'eux deux, mais il foule aux pieds l'alliance entre créateur et œuvre. Ceux qui n'arrivent pas à voir les fautes humaines comme un sabotage de la création reconnaissent du moins la prudence juridique qui fonde un verdict sur plusieurs voix concordantes. C'est une mesure souvent négligée aujourd'hui. Et pourtant, le juge qui écrit une condamnation sur la parole d'un seul accusateur est aussi un témoin de faux.

de protection contenue dans les versets 28 et 29 du chapitre 27 du livre *Bereshit*/Genèse ne peut revenir qu'à un seul.

La bénédiction des prêtres au peuple a la caractéristique d'être donnée avec le tutoiement. Elle ne se répand pas pour embrasser la communauté dans un seul geste, mais elle se dirige vers chacun, elle investit la vie de l'individu qui est là, à l'écoute. « Te bénira *Yod* et te gardera » (Nb 6, 24) : *Yod* est la première lettre du tétragramme imprononçable que nous traduisons par Dieu. C'est le sigle le plus solennel de la divinité. Il te bénira et te gardera : il ne s'agit pas d'un ajout pour surenchérir, mais d'autre chose. Avec le premier futur, il te bénira, Dieu pourvoit au bien ; avec le second futur, il te gardera, Dieu pourvoit à te préserver du mal comme on peut le lire dans le psaume 121 : « *Yod*/Dieu te gardera de tout mal, il gardera ton souffle » (Ps 121, 7). Car le mal a une force indépendante et autonome du bien, il n'est pas son contraire, il est en revanche son ennemi, qui est toujours différent.

La suite dit : « Éclairera *Yod*/Dieu son visage vers toi », le visage de Dieu. C'est un des nombreux passages où est évoqué le visage de la divinité. Existe-t-il vraiment ou n'est-ce qu'une concession des Écritures pour satisfaire notre besoin de représenter l'invisible ? En lecteur fidèle à la lettre de l'Écriture sainte, je dois m'en tenir au visage de la divinité. Car à l'instant de cette bénédiction, quand la grâce investit la créature humaine, celle-ci fait l'expérience de voir concrètement et d'accueillir avec ses sens l'image du visage de la divinité. Comme dans d'autres moments solennels où se manifeste la voix de Dieu et d'autres où le peuple tout entier peut éprouver la force du bras, de la main de Dieu. Dans ces moments-là, ce détail physique se révèle aux présents et ce détail aussi a une part décisive dans la révélation. Alors, le visage de Dieu s'éclaire, il émerge de l'invisible et se montre : vers toi, dit l'Écriture, c'est-à-dire qu'il se révèle à toi et à toi seul. C'est pourquoi la bénédiction a besoin du « tu », de l'identité précise de la créature, atteinte par cette clarté soudaine d'un visage enflammé par la bénédiction. Et, comme un surcroît de grâce, la bénédiction déclare : « Soulèvera *Yod*/Dieu son visage vers toi » (Ps 121, 8) où le sens hébraïque est celui d'une attention intense et particulière qui arrive à mettre au point la personne.

Ainsi, pour tous ceux qui commencent une nouvelle année : que la bénédiction ne les enveloppe pas tous ensemble, mais un par un. Avec la dernière parole des vœux, je répète : « Et il mettra pour toi de la paix. »

AVEC UNE MARGE
DE SÉCURITÉ

Pendant la grandiose manifestation physique de la présence de Dieu sur le Sinaï, le peuple d'Israël participe intensément à la scène. Il veut d'abord se précipiter vers la montagne, puis il recule, effrayé par les explosions de feu et par la puissance de la voix de Dieu. Au chapitre 4 du livre *Devarim*/Deutéronome, est révélé un détail de ce moment. Dieu prévient au verset 9 : « Tu n'oublieras pas les paroles qu'ont vues tes yeux. »

Mais nous savons que, sur les pentes du Sinaï, les Hébreux écoutèrent les paroles, qu'ils ne les virent pas. Quelques versets plus loin, nous lisons : « Et parla *Yod*/Dieu à vous de l'intérieur du feu : voix de paroles vous écoutez et image vous ne voyez, en dehors d'une voix » (Dt 4, 12).

Ici encore revient une voix à voir et non seulement à écouter. L'Écriture ne se trompe pas de verbe, mais elle parle d'une expérience prodigieuse déjà décrite dans le livre *Shmot/* Exode, là où il est écrit que le peuple voit une voix, des éclairs et la voix du cor et la montagne qui fume. Dans ce verset, le dix-huitième du chapitre 20, sous l'unique verbe « voir » se mêlent des choses qui se rapportent à la vue et des choses qui devraient se rapporter à l'ouïe. Qu'est-ce que cela signifie ?

Deux maîtres du Talmud se sont posé la question et ont donné des réponses différentes. Rabbi Ishmael cherche le sens raisonnable et explique que le peuple voyait ce qui était visible et entendait ce qui était audible. Rabbi Akiva en revanche s'en tient au sens littéral et explique qu'ils voyaient la voix de Dieu faite de paroles de feu. Il en veut pour preuve le verset du psaume 29 où on lit : « La voix de *Yod/*Dieu creuse des flammes de feu » (Ps 29, 7), c'est-à-dire qu'elle forme par son souffle une écriture incandescente.

C'est ce que voyaient les Hébreux au pied du Sinaï : là, la révélation se manifeste à des températures très élevées. Rabbi Akiva, soucieux de s'en tenir au sens littéral, enseigne que la véritable écoute, lorsqu'elle est intense, coïncide avec la vision. Celui qui est profondément attentif a l'impression de lire, non pas seulement d'écouter, les paroles qu'il écoute. C'est une expérience qui frôle la tension mystique.

Dans le désert, la voix de Dieu est si puissante, si fracassante, qu'elle confond les sens, qu'elle procure un vertige dans l'oreille interne, appelée labyrinthe en anatomie.

Cette écoute, plus personne ne saurait y parvenir. À bonne distance, à travers l'écriture claire d'un livre, nous recueillons l'avertissement : « Tu n'oublieras pas les paroles qu'ont vues tes yeux » (Dt 4, 9). Aujourd'hui, nous pouvons seulement voir ces paroles en lisant l'expérience physique de ces aventures sacrées, à l'abri de cette voix enflammée qui bouleversait les sens de celui qui était entièrement, chair, os et nerfs tendus, à l'écoute.

RIRE

Pendant le transport de l'arche vers Jérusalem, David danse, joue de la musique, rit devant le cortège et avec tous les autres. Il rit : tel est le verbe joyeux et effronté qu'on ne peut contourner ni réduire à un divertissement. C'est un rire prolongé et déchaîné de la part d'un roi qui, le premier à avoir conquis la ville sainte, y conduit la plus précieuse fabrication sacrée, la caisse de bois d'acacia contenant les Tables de la Loi. Musique, chants, sauts, danses et rires la précèdent et l'accompagnent. Mikal, fille du défunt roi Saül et femme de David, voit la scène de sa fenêtre et a honte de lui, de son attitude inconvenante de bouffon, de saltimbanque de Dieu. Elle va à sa rencontre avec tristesse et lui fait ouvertement le reproche de s'être rabaissé, d'avoir perdu toute majesté en présence de ses sujets. Elle a reçu l'éducation d'une princesse et veut donner une leçon de tenue à son époux qui, lui, en revanche, était un simple berger. David revendique le fait d'avoir ri devant Dieu : « Et je serai encore plus petit et je serai un homme de rien dans mes yeux » (2 S 6, 22), dit-il en s'abaissant encore plus et il ne sera pas méprisé pour cela, il n'en sera même que plus respecté. David enseigne ici à Mikal que le rire est une forme d'humilité : le rire rabaisse ? Qu'il en soit ainsi et même plus s'il s'agit de se rabaisser devant Dieu. Celui qui s'en prive pour garder une contenance est un orgueilleux qui se retranche dans une présomptueuse dignité.

La magnifique leçon de David sur le rire se termine par une dure conclusion : « Et à Mikal fille de Saül ne fut de fils jusqu'au jour de sa mort » (2 S 6, 23). Son royal mépris devient un étau qui serre ses entrailles. Pour faire des enfants, être féconde, il faut des ris. On jette des grains de riz aux mariés en signe de fécondité.

David s'est tordu de rire en face de Dieu. Il a sauté comme un grillon, il a transpiré et il a suffoqué, hors d'haleine. Ce n'était pas un manque de respect, mais une intensité d'adhésion physique, summum de participation totale de toutes ses fibres à la prière. Le corps loue le créateur en exultant. En récompense de cette dévotion, il est permis à David d'entendre, lui et pas un autre, le rire de Dieu. Dieu rit : avec le même verbe que celui de son serviteur, celui des hommes. David parle de cette expérience dans certains psaumes. Au deuxième, il écrit : « Celui qui siège dans les cieux rira d'eux [des rois de la terre] » (Ps 2, 4), au trente-septième il rira de l'impie, au cinquante-neuvième il rira de peuples entiers. Il faut une certaine oreille musicale pour entendre le rire de Dieu ; David la possède. C'est un compositeur-né, il a l'habileté manuelle qui lui permet de jouer des instruments et en même temps d'avoir au bout des doigts une extraordinaire sensibilité de visée dans le lancement des pierres avec la fronde. Une seule lui suffit, petite et lisse, comme un projectile, pour abattre Goliath.

Le plus beau rire de toute l'Écriture sainte se trouve pourtant dans le livre des Proverbes, au chant de la sagesse, où la sagesse elle-même dit avoir été aux côtés de Dieu pendant la création : « Et moi je fus ses joies jour après jour, riant devant lui en tout lieu. Riant dans le monde sur la terre » (Pv 8, 30-31).

La fabrication fondamentale de l'univers s'est accompagnée d'une sagesse souriante. Le renfrogné, le savant qui ne rit pas, ne peut découvrir ni imaginer le monde.

GRONDEMENT D'EAU

Jésus aime l'eau. Il se fait baptiser par Jean-Baptiste, dans le Jourdain, il fait son premier miracle à Cana, selon Jean, en obtenant du vin à partir de l'eau. Il choisit ses apôtres parmi les pêcheurs, alors que jusque-là le métier sacré était symbolisé par le berger. Il accomplit le miracle de marcher sur l'eau. Il annonce à la Samaritaine, rencontrée près du puits, que celui qui boit l'eau qu'il fournit n'aura plus soif. Jésus aime l'eau et naturellement il aime le verset d'Isaïe et son invitation : « Oh vous, tous ceux qui ont soif, venez à l'eau et ceux qui manquent d'argent : venez, buvez et mangez sans argent » (Is 55, 1).

C'est l'eau de son annonce, de l'eau pour tous, bénie depuis toujours en terre de sécheresse. Jésus aime les versets d'Isaïe, au même chapitre 55, quand Dieu affirme que ses paroles sont comme pluie et neige, qui descendent et ne reviennent pas en arrière. « Ainsi sera ma parole qui est sortie de ma bouche, elle ne reviendra pas à moi vide » (Is 55, 11).

Les eaux ont un sens comme les mots, elles descendent et se perdent en grande partie dans la mer et sur la terre. Jésus veut que ses paroles, dites et pensées pour qu'elles se répandent, soient comme des eaux courantes. Il a voulu ne rien écrire, il n'a pas voulu de secrétaires pour prendre des notes. Ceux qui le pouvaient retenaient par cœur. Il ne voulait pas enfermer l'eau dans une cage. Jésus savait que les mots dans la bouche ont plus de valeur que ceux qui sont écrits, comme la musique exécutée vaut plus que la partition qui la fixe.

Il se servait de sa voix avec impétuosité, comme des ruisseaux inattendus dans le désert de Néghev, selon une des images frappantes d'Isaïe, le plus grand poète de Dieu.

Tout au long des Évangiles, nous lisons les jets d'un discours qui fut torrentiel. Une providence fait ressembler ces écrits à des citernes d'eau de pluie, qui retiennent du moins quelque chose selon leur capacité. Nous ignorons le timbre de sa voix et l'hébreu et l'araméen, ses langues, n'existent même plus. Et pourtant, les Évangiles ont suffi à ne pas faire oublier les paroles de celui qui ne voulut pas écrire ni laisser écrit. Celui qui n'a pas la foi ne se désaltère pas. Mais celui qui a la grâce de l'avoir est lié par un devoir énorme : donner de cette eau bue un témoignage tout au long de sa vie. Ce faisant, il remplit les pages que les Évangiles ont dû laisser vides. Ce faisant, il rapporte à la surface l'eau qui s'est perdue hors des citernes.

PATERNITÉ

Jésus enseigne à réciter une prière de quelques mots, le Notre Père. Il explique qu'il n'en faut pas des quantités, car Dieu sait déjà tout ce que la personne en prière a l'intention de demander.

Dans l'hébreu qui lui est familier, notre père se dit *avinou.* Isaïe nomme ainsi Dieu, non pas au vocatif mais bien sur le mode de la réclamation et de la récrimination, au chapitre 63 de son livre : « Parce que tu es notre père, parce qu'Abraham ne nous a pas connus et qu'Israël ne nous reconnaîtra pas : toi *Yod*/Dieu tu es notre père, notre racheteur depuis toujours est ton nom » (Is 63, 16).

Isaïe explique que les pères sont bien loin dans le temps, qu'Abraham et Jacob, dit Israël, ne connaissent pas leur descendance. Toi, tu es notre père : *attah avinou* et ce « toi », *attah,* en ouverture de phrase, est un doigt pointé. Ce « toi, tu es » n'est pas une invocation, mais une légitime instance légale : nous sommes tes fils, tu ne peux pas nous abandonner, tu n'es pas libre de le faire.

La seconde moitié du verset est encore plus forte. Le « toi », *attah*, précède carrément le nom de *Yod*/Dieu : « Toi tu es *Yod*/Dieu notre père. » Telle est donc notre position respective devant ta même loi. Le devoir de tutelle est donné par le terme légal *goalenou*, notre racheteur, qui clôt le verset : « Notre racheteur depuis toujours est ton nom. » Isaïe dit que Dieu est celui qui paie la rançon pour rendre libres, comme c'était le devoir des parents proches de ceux qui étaient tombés en esclavage. Il dit que tel est son nom, non pas un attribut, un prédicat parmi d'autres, mais le substantif qui assigne à un père un devoir envers ses enfants.

Notre père signifie rappeler à Dieu ce devoir de tutelle qu'il a pris un jour. Isaïe l'illustre matériellement dans un autre verset où il explique : « Notre père es-tu, nous sommes l'argile et toi notre potier » (Is 64, 7). La substance de chaque Adam n'est rien de moins que ça : un ouvrage de terre et de soin de Dieu.

Quand la personne de foi se remet à invoquer le Notre Père qui est aux cieux, elle exerce son droit le plus strict.

PROPHÉTIE
D'UN JEUNE GARÇON

Dieu s'adresse directement et sans préambules à Jérémie, encore jeune. *Naar*, dit-il de lui-même, jeune : en un temps où l'on avait beaucoup de respect pour les personnes âgées et où un garçon se taisait s'il n'était pas invité à parler. Pourquoi veux-tu t'adresser à un jeune garçon ? Tel est le sens de l'objection de Jérémie à la voix de Dieu qui l'a appelé : « Ahi, Adonaï *Yod*, c'est que je n'ai pas connu la prise de parole parce que je suis jeune. » Il n'a jamais pris la parole devant les autres et tout d'un coup il doit être carrément la voix de Dieu au milieu du monde. Les appels divins ne prévoient pas de formation, ils exigent le risque. L'Écriture rapporte plusieurs fois la frayeur qui saisit les convoqués à la prophétie. Moïse est stupéfait à cette annonce car il est bègue, Jonas s'enfuit bien loin. Isaïe a sa lèvre purifiée par un tison brûlant. Ce sont des êtres humains choisis selon un critère mystérieux qui les extrait de l'espèce, les isole, les expose à des épreuves extrêmes. Jérémie aura le devoir, et le courage nécessaire, de prêcher la reddition de sa propre ville à Nabuchodonosor juste au moment où les défenseurs sont au maximum de leur effort de résistance face au siège qu'ils subissent. Et il sera jeté vivant dans un puits, il y restera et il résistera là longtemps. La voix de Dieu se révèle ainsi dans cet appel de quelques versets : « Et elle fut la parole de *Yod*/Dieu envers moi pour dire » (Jr 1, 4). « Et elle fut » : Jérémie ne dit pas que Dieu lui parle, mais que la parole de Dieu vient à lui, qu'elle advient. « Et elle fut » : telle est pour lui la révélation, l'arrivée d'une voix.

« Avant que je t'aurai formé dans le ventre je t'ai connu et avant que tu sortiras du sein je t'ai sanctifié, prophète aux peuples je t'ai donné » (Jr 1, 5). Dieu utilise ici le verbe former qui est le verbe matériel avec lequel le potier produit ses objets, verbe de mains à la pâte. Dieu n'est pas seulement un auteur, inspirateur de souffle dans les narines d'Adam, mais un artisan de la créature humaine. Bien avant de manipuler la matière, il a un projet pour elle. « Je t'ai connu », dit-il, non seulement pour lui déclarer sa suprématie, sa priorité sur la vie, mais aussi pour lui signifier son identité : je t'ai connu toi, j'ai visité ta précieuse unicité. Et alors, dans un deuxième temps, avant que tu sortes du ventre, je t'ai sanctifié. La vie du sein maternel, qui pour l'époque moderne est incertaine, pas entièrement fondée et considérée pour cela comme extirpable, dans ce début du livre de Jérémie, est une œuvre parfaite et achevée depuis l'embryon. Il y a déjà en elle une volonté et un projet. Dieu répond à Jérémie qui craint de ne pas savoir agir dans le monde : « Parce que près de toi je suis pour te sauver » (Jr 1, 8). Et, tandis que tombent les derniers mots, Jérémie sent une main toucher sa lèvre en un point et de nouveau la voix qui lui explique : « Voilà, j'ai donné mes paroles dans ta bouche » (Jr 1, 9). Une légère caresse complète ainsi l'expérience physique d'un garçon appelé et envoyé par Dieu devant le monde.

QUATRE PAS AVEC *IONA*/JONAS

Le petit livre de *Iona*/Jonas, quarante-huit versets seulement, est riche d'événements et pas un seul mot n'est gaspillé. Jonas, dans sa langue d'origine, l'hébreu, est *Iona* qui veut dire colombe. C'est la même *Iona* envoyée par Noé depuis l'arche après le déluge, mais aussi le participe présent du verbe *iana*, opprimer. L'histoire du prophète se déroule entre ces deux termes opposés. Le livre attaque tout de suite avec la voix directe de Dieu qui explose dans les oreilles de Jonas à l'improviste : « Lève-toi, va à Ninive, la ville grande et exclame-toi contre elle. Car est monté leur mal à mon visage. » La voix de *Yod*/Dieu : elle n'est pas toujours la même, chaque prophète l'a entendue dans des versions différentes, aucun ne l'a jamais décrite. Seul Élie en parle comme d'une « voix de silence léger ». Jonas n'a pas la même expérience acoustique qu'Élie, la voix de *Yod*/Dieu commence dans son tympan par *qoum*, un dur impact. Frappé aux oreilles, à la tête, comme par une gifle, il se retourne et s'embarque dans la direction opposée. Il ne dit pas ouf, il réagit par toute l'opposition qu'il peut, qu'il veut. Il va à l'ouest au lieu d'aller à l'est. C'est le premier émigrant qui cherche son salut vers l'occident, fuyant le vieux monde. Mais le bateau est pris dans la tempête de *Yod* et les marins tentent vainement de gagner un port en ramant de toutes leurs forces. Ils comprennent que *Iona* est responsable de cette colère de *Yod* et lui en demandent compte. Jonas leur dit qu'il est hébreu et qu'il craint Dieu, qui fit la mer et le sec. D'habitude, ici, les traductions préfèrent lire la mer et la terre. Mais *Iona* emploie intentionnellement ici le mot *yabashah* « sec ». *Yabashah* est le sec laissé par les eaux qui se retirent le troisième jour de la création, puis c'est le sec de la mer Rouge qui se coupe en deux, retient ses eaux et permet le passage, puis c'est le sec du Jourdain qui s'arrête pour laisser entrer les Hébreux dans la terre promise. Alors, pour des marins encerclés par l'assaut furieux des eaux, *Iona* invoque *Yod* qui est créateur de ce sec miraculeux, d'eaux qui se retirent et laissent passer. L'hébreu sait réconforter avec un seul mot. Les marins se décident à obéir à *Iona* qui leur demande de le jeter à la mer pour que les eaux se calment. Lancé dans les vagues, il ne les touche même pas car *Yod* envoie un gigantesque poisson qui avale au vol le prophète en fuite de l'obéissance.

« Et il donna *Yod*/Dieu un grand poisson pour avaler *Iona.* Et il fut *Iona* dans les viscères du poisson pendant trois jours et trois nuits » (Jon 2, 1-2). Voilà le deuxième temps de l'aventure de cet étrange prophète, le premier et le seul qui ait osé se taire et s'opposer à l'appel de *Yod.* Maintenant, il se berce dans l'obscurité d'une cavité chaude qui le ramène en arrière jusqu'à sa naissance, aux heures où il était dans le ventre maternel. Quelques hommes ont réussi à revenir en arrière après leur mort, l'Écriture sainte en donne des exemples. Mais aucun, à part *Iona,* n'a réussi à revenir en arrière jusqu'au stade du sein maternel, à l'intérieur d'un ventre qui accueille et abrite. Il reste là trois jours et trois nuits, mais ce n'est qu'un compte que nous faisons. Dans la double obscurité de la mer et du grand poisson, le temps n'est qu'une couveuse. Lui qui a gardé pour lui les paroles de *Yod* et qui ne les a pas rapportées aux habitants de la lointaine Ninive, lui qui a avalé ce message, est à présent avalé. Sa vie repartira par l'obéissance. Il accepte de porter ces paroles à destination, de les recracher hors de sa bouche fermée. Il sera ainsi recraché hors du grand poisson : au sec, de nouveau ce magnifique mot de *yabashah* qui consola les marins et qui est maintenant le sol de sa seconde naissance.

Une curieuse précision de l'Écriture sainte tient à faire savoir que *Iona* est « vomi » par le poisson. Ce détail peut montrer à quel point l'Écriture est scrupuleuse et prévoyante : car *Iona* se trouve dans l'appareil digestif d'un poisson et il a donc deux possibilités de sortie. Si le texte n'avait pas précisé le détail du vomi, donc de la sortie par la bouche, le blasphème pouvait accuser *Iona* d'être sorti avec les déchets de la partie opposée. Donc, l'Écriture sainte fait bien de déjouer la ruse, mais le véritable sens est que maintenant *Iona* aussi est prêt à faire sortir de sa bouche le message de *Yod*, resté intact en lui.

Durant le temps de son incubation dans le corps du poisson *Iona* dit un psaume, le chant brûlant d'un détenu au fond d'une prison. Je n'en cite que trois mots en hébreu pour faire entendre leur son : *vattáal, misháhat haiái* « et tu as fait monter de la fosse ma vie ». *Vattáal, misháhat haiái,* c'est un souffle plein d'une voyelle « a » qui respire finalement à l'air libre et un petit tour de valse dans la chute des accents, *vattáal, misháhat haiái,* undeuxtrois, undeuxtrois, undeux, merveilles nullement secrètes, merveilles de pure surface sonore de la langue sacrée.

Et une seconde fois, la parole de *Yod* s'adresse à *Iona* pour lui dire : « Lève-toi, va à Ninive, la grande ville : et crie-lui l'appel que moi je te dis » (Jon 3, 2). Voilà la deuxième fois pour *Iona,* son deuxième temps. Il rappelle l'autre *Iona,* la colombe de Noé. Elle aussi, après un premier départ et un retour à vide, s'envole une deuxième fois et rapporte une feuille d'olivier dans son bec. Cette fois-ci, le messager n'apporte ni paix ni bonnes nouvelles, mais l'annonce d'un bouleversement. Il parcourt la ville avec son cri, le petit haut-parleur de Dieu qui met en garde d'un grand danger. Et les habitants de la puissante capitale de l'empire assyrien croient à la voix de cet étrange prophète d'une lointaine province. Il devait y avoir quelque chose de spécial dans le timbre de la voix de *Iona* pour que Dieu aille le choisir lui précisément, le plus récalcitrant, le plus rebelle de tous les prophètes de l'Histoire sainte. Ce ton de voix était capable de transmettre la vérité du message, il devait faire frissonner ceux qui entendaient l'annonce du bouleversement. Toute Ninive, du roi au bétail, porte le deuil, jeûne, jusqu'à la pénitence de la soif, même si l'eau ne manquait pas puisque la ville était traversée par le Tigre, grand fleuve, chargé de gigantesques vagues de crue. Ninive espère ainsi arrêter le divin décret qui lui est parvenu par cet étrange messager de catastrophes. Et de nouveau arrive l'impensable. Dieu prend acte de la transformation, donnée par l'annonce : « Se repentit Élohim sur le mal qu'il avait dit de faire et ne fit pas » (Jon, 3, 10). Telle est l'infinie possibilité de modifier le destin même au dernier moment, même face à un décret divin. Dieu retire sa condamnation, mais la justice lui appartient et il n'existe pas de justice sans possibilité de miséricorde. La justice, ce n'est pas appliquer une loi, exécuter une sentence comme l'acte automatique d'une machine, mais la mettre au niveau de l'homme, de son cas particulier. La justice, c'est évaluer la personne humaine, comprendre quand vient le temps de la correction et quand vient celui de la miséricorde. Dans l'Écriture sainte, Dieu est toujours prêt à retirer son annonce devant la variable du comportement humain. Il est prêt à révoquer le mal incriminé, mais aussi le bien promis, si le bénéficiaire se pervertit, gâte sa conduite. David lui-même n'est pas à l'abri, avec toutes les promesses solennelles qu'il a entendues. Le verbe qui préside aux révocations du bien et du mal est *niham*, se repentir. Dieu se repent. Ce n'est pas un verbe qui lui prête des sentiments humains, ce n'est pas une concession à notre besoin d'incarner Dieu. C'est en revanche le formidable nuancier sentimental d'un Dieu créateur, artisan de la créature humaine, lié à elle par des liens de paternité et de responsabilité. « Œuvre de tes mains nous tous » (Is 64, 7), lui dit Isaïe, l'appelant en complice de notre faiblesse. Ici, Dieu, une fois de plus, se repent et sauve une ville tout entière, bien que capitale orgueilleuse et despotique d'un empire. Toute créature humaine peut modifier son décret.

Mais *Iona* s'afflige d'un Dieu qui reprend sa parole. Lui qui a été rattrapé et traîné à Ninive pour crier la fin du monde, il se voit démenti comme un charlatan par son propre mandant. *Iona* sent douloureusement qu'il a été un pantin de Dieu. « Et il fut mal à *Iona*, un grand mal » (Jon 4, 1), ainsi commence le dernier quart du livre. « Retire mon souffle de moi : car bonne est ma mort plus que ma vie » (Jon 4, 3) : c'est ce que dit le plus affligé des hommes de Dieu, plus que Job qui, atteint dans son corps, dans ses biens et dans ses affections demande tout de même une explication. *Iona* n'en veut pas. Dieu lui demande alors si cette furieuse colère lui semble une bonne chose. Et il arrive de nouveau l'unique et l'imprévu dans les Saintes Écritures : *Iona* ne répond pas à la question de Dieu. Ici, se produit un écart dans les rapports entre créateur et créature, l'éclatement d'une douleur qui a une force et une forme de protestation envers Dieu. *Iona* se raidit dans un silence d'opposition, tout le contraire de la loquacité qui monte des ulcères de Job.

Iona quitte la ville mais il ne lui tourne pas le dos, il s'installe à l'est de Ninive, donc pas sur la route du retour. Pour lui, il n'existe plus ni lieu de départ ni maison. Sa patrie est devenue la parole que Dieu a mise dans sa bouche, et maintenant qu'elle est périmée, il sent lui aussi qu'il n'est qu'un résidu, une attente. Et une belle plante de ricin se met à pousser, le *qiqayon* qui abrite le prophète et lui donne cette consolation que seules les choses de la nature savent offrir. C'est un don de Dieu, il peut donc toujours être révoqué. *Iona* ne sort pas de son silence et le ricin sèche attaqué par un ver. L'orgueil ne fait-il pas ainsi avec l'homme ? N'est-il pas lui aussi un ver qui ronge de l'intérieur ? Dieu ne se plaint pas de la colère de *Iona*, de son désir de mourir. Il ne s'offense pas non plus du silence qu'il lui oppose. Mais de son orgueil oui, de l'orgueil de *Iona* qui s'entête dans sa susceptibilité d'irrité. Si la plante n'a pas dissout ce mauvais caillot d'amour-propre, alors c'est une plante qu'il faut sécher. Et *Iona* demande encore une fois de mourir, comme une plante qui a fini de se désagréger. Et de nouveau, Dieu lui repose la question sur sa colère et il obtient cette fois-ci la réponse obstinée du prophète : « C'est faire bien de me mettre en colère jusqu'à la mort » (Jon 4, 9). *Iona* mène son entêtement jusqu'à ce point d'amertume. Nul n'est allé aussi loin, et sa courte histoire marque une limite jamais plus atteinte dans la relation entre la personne et la divinité, où les raisons humaines prétendent demander compte à Dieu. Le livre se termine par une explication fournie par Dieu sur sa clémence, concédant au plus étrange de ses prophètes un vrai *midrash,* éclaircissement. Le lecteur de ce livre trouve de nouveau, au bout des dernières prévenantes paroles de Dieu, le silence de *Iona,* mais il ne s'étonne plus.

LE VERBE DE L'AURORE

Le début du psaume 63 de David est une indication géographique : « Dans son être dans le désert de Juda » (Ps 63, 1). David a été un pèlerin dans bien des endroits désolés, pour fuir Saül qui le persécutait et plus tard pour échapper à la révolte armée de son fils Absalom.

David s'est accoutumé à la sécheresse, au vent, aux privations. C'est d'une expérience physique que vient son désir de Dieu : « Il a soif de toi mon souffle, elle se consume pour toi ma chair en terre d'aridité et assoiffée sans eau. » David sent son corps comme un désert, il se sent tari de sources. Il a appris dans le désert que seule la recherche de Dieu soulage. Il emploie un verbe rare *shahar*, chercher, mais un « chercher » plein d'urgence. *Shahar* signifie aussi « aurore » et cette coïncidence aide à comprendre que David cherche Dieu comme un malade qui veille la nuit et attend un soulagement à son mal de l'entrebâillement du jour, de l'obscurité dégondée par l'aurore. *Ashaharékha*, je te chercherai. *Ashaharékha* a déjà le son du souffle court et assoiffé de celui qui attend l'irruption du jour dans le désert. Une autre raison à ce verbe se trouve peut-être dans le bel emploi qui en est fait par Dieu dans le livre des Proverbes (Pr 8, 17). Là Dieu dit : « Ceux qui me cherchent [*Meshaharaï*] me trouveront. » Alors David pense : si ceux qui te cherchent avec l'ardent désir du verbe *shahar* te trouvent, alors moi je te chercherai avec ce verbe : *ashaharékha*. David est un grand poète, auteur des plus beaux psaumes du psautier ; ses verbes, ses mots sont fébrilement exacts. Et la phrase du neuvième verset du psaume est tout aussi fascinante : « S'est attaché mon souffle derrière toi, en moi a serré ta droite. » Voici le souffle qui adhère à la piste de Dieu et s'y attache comme le fait le chien attentif et fidèle sur la trace, collant sa respiration au sol. Voici qu'au même moment, à cause de cet attachement physique de fidélité, David sent la main de Dieu, la droite, se serrer en lui comme un poing qui attrape, tient, soutient.

C'est une impression physique, rien de mystique, d'impalpable, mais une sèche séquence de verbes de force, d'échange réciproque entre Dieu et lui.

Tomca, « serre », est un verbe qui est associé aux cordes dans un autre verset des Proverbes (Pr 5, 22) : ce n'est pas une caresse, mais l'étau le plus exaltant dans lequel une personne de foi puisse se sentir prise intérieurement. « En moi serre ta droite. » Nous qui lisons des poètes d'amour, avons-nous trouvé une égale puissance d'expression ? David l'obtient, il l'atteint par son enthousiasme et son attachement. Ainsi, il a longtemps tenu bon dans les déserts en résistant aux poursuites lancées contre lui, aux guets-apens. Il s'est fait lui-même un corps dans le désert, il s'est annulé dans le paysage désolé en faisant vivre seulement son souffle, son désir physique de Dieu, de son étreinte forte, âpre, heureuse au milieu de sa chair.

GRAPPILLON

Le livre appelé Siracide, du nom de son auteur Sirac, est un des livres deutérocanoniques, c'est-à-dire de ceux de l'Ancien Testament qui ont été ajoutés au canon dans un deuxième temps. Il n'appartient donc pas au groupe de livres que le judaïsme et le christianisme ont en commun.

Au chapitre 33, Siracide s'interroge sur les différences : les jours se trouvent sous le même soleil et pourtant Dieu a voulu que certains soient des jours de fête et saints, et d'autres non. C'est la même chose pour les êtres humains : même s'ils sont tous fils d'Adam, on distingue parmi eux les saints et les maudits. Dieu a mis une chose en face de l'autre suivant son sens de la symétrie : le mal en face du bien, devant les personnes sans leur refuser le choix.

Le livre que nous appelons Ecclésiaste explique déjà que Dieu a mis les jours bons et mauvais par couple l'un en face de l'autre. Et dans le livre *Devarim*/Deutéronome, Dieu met devant le peuple bénédiction et malédiction. Et en terre de Canaan, terre promise, il y aura même deux montagnes opposées, le Gerizzim et l'Eyval, une pour bénir et une pour maudire. Dieu a laissé l'Adam libre d'agir. Avant sa première transgression dans le jardin d'Éden, il y avait un seul arbre qui renfermait la connaissance du bien et du mal. Il existait une unité dans l'innocence. Mais après la transgression, après que l'Adam a eu conscience du bien et du mal, la création s'est dédoublée et le bien s'est opposé au mal : et l'être humain exerce sa continuelle et effrayante liberté de choix. C'est sur celle-ci qu'il est jugé.

Siracide est un écrivain de l'Ancien Testament. Ce qui l'intéresse c'est la sagesse qui n'est pas une philosophie mais une intelligence du cœur comme celle que concède Dieu à Salomon qui avait demandé : « Tu donneras à ton serviteur un cœur qui écoute pour juger ton peuple et pour comprendre entre bien et mal » (1 R 3, 9). Avec une grande sincérité, Siracide parle de lui comme du dernier venu, en disant : « Quant à moi, le dernier, je suis comme celui qui grappille derrière les vendangeurs » (Si 33, 16). Chacun de nous, quand il feuillette les Saintes Écritures, est le dernier venu des lecteurs ; chacun de nous passe entre ces lignes comme entre les vignes déjà cueillies, qui ne nous appartiennent pas, mais auxquelles nous sommes admis parce que étant les derniers nous sommes les plus pauvres. Et pourtant, un reste de sagesse est encore à portée de récolte pour celui qui parcourt attentivement le chemin que les vendangeurs et les générations précédentes ont déjà parcouru. Même au dernier lecteur, il est donné d'ajouter sa note au bout du commentaire infini. Il peut partager la stupeur de Siracide : pour lui aussi la récolte est abondante. Et il peut répéter avec lui : « Comme le vendangeur, moi aussi qui ne suis qu'un lent grappilleur, j'ai rempli la cuve » (Si 33, 17).

ANNONCES DE FIN DU MONDE

Même si elle est la dernière espèce animale, l'espèce humaine est vieille dans le métier, experte en ruines. Elle connaît non seulement les ruines naturelles, mais très bien aussi les malheurs nés de ses propres mains. Guerres, exterminations, engins capables de détruire plus d'une fois le monde : l'espèce a voulu montrer qu'elle n'était pas en reste avec la violence effrénée de la nature.

Aux calamités de la planète et à celles dues à ses mauvaises intentions, l'humanité a ajouté au cours du siècle passé celles de l'inadvertance. Il semble que le sida vienne d'une fuite de matériels de laboratoire, de même que d'autres fuites de poisons chimiques et nucléaires sont causées par des erreurs. Le « sorry-malheur », la « catastophe-nous regrettons » (comme certaines bombes Otan du printemps 1999) est la significative contribution à la mise à jour des calamités par le siècle le plus infectieux. L'incident nucléaire de Tokaimura montre qu'il n'y a pas de pays sûrs qui, grâce à la richesse, peuvent prétendre à l'immunité. Chacun de nous a quotidiennement le droit de se sentir rescapé, échappé au coup de massue.

Ce cadre clinique donne des idées aux superstitieux du calendrier pour leur inoffensive marotte : fin du millénaire-égal-terminus de l'humanité. Tous les 31 décembre en chiffres ronds nous annonçons quelque catastrophique terminus du voyage, descente de tous au même arrêt. C'est sans doute parce que je m'attache peu aux fêtes, anniversaires et jours de l'an, mais il me semble que chaque jour est valable pour en finir, seul ou tous ensemble, et ne plus déranger la planète. Un vers de Joseph Brodsky, poète russe du vingtième siècle, décoré du fameux prix Nobel, un vers parmi les quatre ou cinq des siens que je garde en mémoire, déclare : « Ma chère, la vie sans nous est une chose pensable. » Non pas dit dans le sens de démissionner à l'avance, mais dans le sens de donner du poids aux jours. La vie se passera sereinement de nous, nous ne sommes pas indispensables, individus ou espèce tout entière, à cette merveilleuse machine du monde. Nous sommes un fruit gratuit, don, ajout, richesse et gaspillage, luxe et misère de la création. Toute vie l'est. Nous sommes sur l'écorce du sol comme un crachat dans une main et, dans la durée moyenne qui nous est assignée à chacun, nous avons le temps d'assister au renouveau d'une bonne partie des linéaments du monde, fracassés, épuisés et refaits.

Le troisième livre saint, *Vaikra*/Lévitique, fait savoir par la voix directe de Dieu que : « Étrangers et locataires vous êtes près de moi » (Lv 25, 23). Nul n'a droit de possession sur le sol, encore moins sur la vie.

Mais peut-on penser à sa propre catastrophe avec une constance appropriée ? Impossible. Et moi aussi, après avoir envoyé ces pensées désordonnées, je me mettrai à table et je boirai avec plaisir deux verres de vin. C'est pour ça que je suis bien en compagnie des Saintes Écritures, mais ce n'est pas un conseil. Là-dedans, des prophètes crient à perdre haleine depuis des milliers d'années les dispositions prescrites pour la fermeture du monde. Je prends *Tzefania*/Sophonie, un des petits livres prophétiques de l'Ancien Testament, et je lis : « Même leur argent, même leur or ne pourra les faire saufs un jour de colère de *Yod*/Dieu et dans le feu de son zèle sera mangée toute la terre : car une extermination, et combien effrayante, fera de tous les habitants de la terre » (So 1, 18). Il est possible de trouver d'autres détails sur ce jour-là auprès de la même source autorisée.

Ainsi, pour garder présent à mon esprit ce jour-là, je m'en remets à un livre surchargé d'ans et d'expérience, à un verset qui me fait la grâce d'être arrivé jusqu'à mon époque sans s'accomplir, avec une patience que je ne peux comprendre.

Tant que, chaque jour, je peux rester ne fût-ce que sur une seule ligne de ces Écritures, j'arrive à ne pas me défaire de la surprise d'être vivant.

DU MÊME AUTEUR

Aux Éditions Gallimard

TROIS CHEVAUX, 2001 (« Folio » n° 3678 ; « Folio Bilingue » n° 204).

MONTEDIDIO, prix Femina étranger 2002 (« Folio » n° 3913).

LE CONTRAIRE DE UN, 2004 (« Folio » n° 4211).

NOYAU D'OLIVE, 2004 (« Arcades » n° 77 ; « Folio » n° 4370).

ESSAIS DE RÉPONSE, 2005 (« Arcades » n° 80).

LE CHANTEUR MUET DES RUES, *en collaboration avec François-Marie Banier*, 2006.

AU NOM DE LA MÈRE, 2006 (« Folio » n° 4884).

COMME UNE LANGUE AU PALAIS, 2006 (« Arcades » n° 86).

SUR LA TRACE DE NIVES, 2006 (« Folio » n° 4809).

QUICHOTTE ET LES INVINCIBLES, *spectacle poétique et musical avec Gianmaria Testa et Gabriel Mirabassi*, Hors série DVD, 2008.

LE JOUR AVANT LE BONHEUR, 2010 (« Folio » n° 5362).

LE POIDS DU PAPILLON, 2011 (« Folio » n° 5505 et « Folio Bilingue » n° 193).

TU, MIO, 2011 (« Folio » n° 5207).

ACIDE, ARC-EN-CIEL, 2011 (« Folio » n° 5302).

ET IL DIT, 2012 (« Folio » n° 5671).

ALLER SIMPLE, 2012.

EN HAUT À GAUCHE, 2012 (« Folio » n° 5491).

PREMIÈRE HEURE, 2012 (« Folio » n° 5363).

LES POISSONS NE FERMENT PAS LES YEUX, 2013 (« Folio » n° 5847).

LE TORT DU SOLDAT, 2014 (« Folio » n° 6028), prix européen de Littérature 2013 et prix Ulysse 2013 pour l'ensemble de son œuvre.

LA PAROLE CONTRAIRE, 2015(« Folio Le Forum » n° 6207).

HISTOIRE D'IRÈNE, 2015 (« Folio » n° 6275).

LE CAS DU HASARD : ESCARMOUCHES ENTRE UN ÉCRIVAIN ET UN BIOLOGISTE, *en collaboration avec Paolo Sassone-Corsi,* 2016 (« Arcades » n° 111).

LE DERNIER VOYAGE DE SINDBAD, 2016 (« Le Manteau d'Arlequin »).

LE PLUS ET LE MOINS, 2016, prix du Livre européen 2016 (« Folio » n° 6482).

LA NATURE EXPOSÉE, 2017 (« Folio » n° 6571).

UNE TÊTE DE NUAGE, 2018.

Dans la collection « Écoutez lire »

LE CONTRAIRE DE UN, 2004 (1 CD).

LE POIDS DU PAPILLON, 2012 (1 CD).

Aux Éditions Rivages

ALZAÏA, 2002.

EN HAUT À GAUCHE, 1998.

REZ-DE-CHAUSSÉE, 1996.

LES COUPS DES SENS, 1996.

UN NUAGE COMME TAPIS, 1994 (« Folio » n° 5910).

Aux Éditions Verdier

UNE FOIS, UN JOUR, 1992 (repris sous le titre PAS ICI, PAS MAINTENANT, « Folio » n° 4716 et sous le titre PAS ICI, PAS MAINTENANT / *NON ORA NON QUI*, « Folio Bilingue » n° 164).

Aux Éditions Mercure de France

LES SAINTES DU SCANDALE, 2013 (« Folio » n° 5848).

Aux Éditions Seghers

ŒUVRE SUR L'EAU, 2002.

COLLECTION FOLIO

Dernières parutions

6501.	Douglas Coupland	*Toutes les familles sont psychotiques*
6502.	Elitza Gueorguieva	*Les cosmonautes ne font que passer*
6503.	Susan Minot	*Trente filles*
6504.	Pierre-Etienne Musson	*Un si joli mois d'août*
6505.	Amos Oz	*Judas*
6506.	Jean-François Roseau	*La chute d'Icare*
6507.	Jean-Marie Rouart	*Une jeunesse perdue*
6508.	Nina Yargekov	*Double nationalité*
6509.	Fawzia Zouari	*Le corps de ma mère*
6510.	Virginia Woolf	*Orlando*
6511.	François Bégaudeau	*Molécules*
6512.	Élisa Shua Dusapin	*Hiver à Sokcho*
6513.	Hubert Haddad	*Corps désirable*
6514.	Nathan Hill	*Les fantômes du vieux pays*
6515.	Marcus Malte	*Le garçon*
6516.	Yasmina Reza	*Babylone*
6517.	Jón Kalman Stefánsson	*À la mesure de l'univers*
6518.	Fabienne Thomas	*L'enfant roman*
6519.	Aurélien Bellanger	*Le Grand Paris*
6520.	Raphaël Haroche	*Retourner à la mer*
6521.	Angela Huth	*La vie rêvée de Virginia Fly*
6522.	Marco Magini	*Comme si j'étais seul*
6523.	Akira Mizubayashi	*Un amour de Mille-Ans*
6524.	Valérie Mréjen	*Troisième Personne*
6525.	Pascal Quignard	*Les Larmes*
6526.	Jean-Christophe Rufin	*Le tour du monde du roi Zibeline*
6527.	Zeruya Shalev	*Douleur*
6528.	Michel Déon	*Un citron de Limone* suivi d'*Oublie...*

6529. Pierre Raufast	*La baleine thébaïde*
6530. François Garde	*Petit éloge de l'outre-mer*
6531. Didier Pourquery	*Petit éloge du jazz*
6532. Patti Smith	*« Rien que des gamins ». Extraits de Just Kids*
6533. Anthony Trollope	*Le Directeur*
6534. Laura Alcoba	*La danse de l'araignée*
6535. Pierric Bailly	*L'homme des bois*
6536. Michel Canesi et Jamil Rahmani	*Alger sans Mozart*
6537. Philippe Djian	*Marlène*
6538. Nicolas Fargues et Iegor Gran	*Écrire à l'élastique*
6539. Stéphanie Kalfon	*Les parapluies d'Erik Satie*
6540. Vénus Khoury-Ghata	*L'adieu à la femme rouge*
6541. Philippe Labro	*Ma mère, cette inconnue*
6542. Hisham Matar	*La terre qui les sépare*
6543. Ludovic Roubaudi	*Camille et Merveille*
6544. Elena Ferrante	*L'amie prodigieuse (série tv)*
6545. Philippe Sollers	*Beauté*
6546. Barack Obama	*Discours choisis*
6547. René Descartes	*Correspondance avec Élisabeth de Bohême et Christine de Suède*
6548. Dante	*Je cherchais ma consolation sur la terre...*
6549. Olympe de Gouges	*Lettre au peuple et autres textes*
6550. Saint François de Sales	*De la modestie et autres entretiens spirituels*
6551. Tchouang-tseu	*Joie suprême et autres textes*
6552. Sawako Ariyoshi	*Les dames de Kimoto*
6553. Salim Bachi	*Dieu, Allah, moi et les autres*
6554. Italo Calvino	*La route de San Giovanni*
6555. Italo Calvino	*Leçons américaines*
6556. Denis Diderot	*Histoire de Mme de La Pommeraye* précédé de l'essai *Sur les femmes.*

6557. Amandine Dhée — *La femme brouillon*
6558. Pierre Jourde — *Winter is coming*
6559. Philippe Le Guillou — *Novembre*
6560. François Mitterrand — *Lettres à Anne. 1962-1995. Choix*
6561. Pénélope Bagieu — *Culottées Livre I – Partie 1. Des femmes qui ne font que ce qu'elles veulent*
6562. Pénélope Bagieu — *Culottées Livre I – Partie 2. Des femmes qui ne font que ce qu'elles veulent*
6563. Jean Giono — *Refus d'obéissance*
6564. Ivan Tourguéniev — *Les Eaux tranquilles*
6565. Victor Hugo — *William Shakespeare*
6566. Collectif — *Déclaration universelle des droits de l'homme*
6567. Collectif — *Bonne année ! 10 réveillons littéraires*
6568. Pierre Adrian — *Des âmes simples*
6569. Muriel Barbery — *La vie des elfes*
6570. Camille Laurens — *La petite danseuse de quatorze ans*
6571. Erri De Luca — *La nature exposée*
6572. Elena Ferrante — *L'enfant perdue. L'amie prodigieuse IV*
6573. René Frégni — *Les vivants au prix des morts*
6574. Karl Ove Knausgaard — *Aux confins du monde. Mon combat IV*
6575. Nina Leger — *Mise en pièces*
6576. Christophe Ono-dit-Biot — *Croire au merveilleux*
6577. Graham Swift — *Le dimanche des mères*
6578. Sophie Van der Linden — *De terre et de mer*
6579. Honoré de Balzac — *La Vendetta*
6580. Antoine Bello — *Manikin 100*
6581. Ian McEwan — *Mon roman pourpre aux pages parfumées* et autres nouvelles
6582. Irène Némirovsky — *Film parlé*
6583. Jean-Baptiste Andrea — *Ma reine*

6584.	Mikhaïl Boulgakov	*Le Maître et Marguerite*
6585.	Georges Bernanos	*Sous le soleil de Satan*
6586.	Stefan Zweig	*Nouvelle du jeu d'échecs*
6587.	Fédor Dostoïevski	*Le Joueur*
6588.	Alexandre Pouchkine	*La Dame de pique*
6589.	Edgar Allan Poe	*Le Joueur d'échecs de Maelzel*
6590.	Jules Barbey d'Aurevilly	*Le Dessous de cartes d'une partie de whist*
6592.	Antoine Bello	*L'homme qui s'envola*
6593.	François-Henri Désérable	*Un certain M. Piekielny*
6594.	Dario Franceschini	*Ailleurs*
6595.	Pascal Quignard	*Dans ce jardin qu'on aimait*
6596.	Meir Shalev	*Un fusil, une vache, un arbre et une femme*
6597.	Sylvain Tesson	*Sur les chemins noirs*
6598.	Frédéric Verger	*Les rêveuses*
6599.	John Edgar Wideman	*Écrire pour sauver une vie. Le dossier Louis Till*
6600.	John Edgar Wideman	*La trilogie de Homewood*
6601.	Yannick Haenel	*Tiens ferme ta couronne*
6602.	Aristophane	*L'Assemblée des femmes*
6603.	Denis Diderot	*Regrets sur ma vieille robe de chambre*
6604.	Edgar Allan Poe	*Eureka*
6605.	François de La Mothe Le Vayer	*De la liberté et de la servitude*
6606.	Salvatore Basile	*Petits miracles au bureau des objets trouvés*
6607.	Fabrice Caro	*Figurec*
6608.	Olivier Chantraine	*Un élément perturbateur*
6610.	Roy Jacobsen	*Les invisibles*
6611.	Ian McEwan	*Dans une coque de noix*
6612.	Claire Messud	*La fille qui brûle*
6613.	Jean d'Ormesson	*Je dirai malgré tout que cette vie fut belle*
6614.	Orhan Pamuk	*Cette chose étrange en moi*
6615.	Philippe Sollers	*Centre*

6616. Honoré de Balzac — *Gobseck* et autres récits d'argent
6618. Chimamanda Ngozi Adichie — *Le tremblement* précédé de *Lundi de la semaine dernière*
6619. Elsa Triolet — *Le destin personnel* suivi de *La belle épicière*
6620. Brillat-Savarin — *Dis-moi ce que tu manges, je te dirai ce que tu es*
6621. Lucrèce — *L'esprit et l'âme se tiennent étroitement unis. De la nature, Livre III*
6622. La mère du révérend Jôjin — *Un malheur absolu*
6623. Ron Rash — *Un pied au paradis*
6624. David Fauquemberg — *Bluff*
6625. Cédric Gras — *La mer des Cosmonautes*
6626. Paolo Rumiz — *Le phare, voyage immobile*
6627. Sebastian Barry — *Des jours sans fin*
6628. Olivier Bourdeaut — *Pactum salis*
6629. Collectif — *À la table des diplomates. L'histoire de France racontée à travers ses grands repas. 1520-2015*
6630. Anna Hope — *La salle de bal*
6631. Violaine Huisman — *Fugitive parce que reine*
6632. Paulette Jiles — *Des nouvelles du monde*
6633. Sayaka Murata — *La fille de la supérette*
6634. Hannah Tinti — *Les douze balles dans la peau de Samuel Hawley*
6635. Marc Dugain — *Ils vont tuer Robert Kennedy*
6636. Collectif — *Voyageurs de la Renaissance. Léon l'Africain, Christophe Colomb, Jean de Léry et les autres*
6637. François-René de Chateaubriand — *Voyage en Amérique*

6638.	Christelle Dabos	*La Passe-miroir, Livre III. La mémoire de Babel*
6639.	Jean-Paul Didierlaurent	*La fissure*
6640.	David Foenkinos	*Vers la beauté*
6641.	Christophe Honoré	*Ton père*
6642.	Alexis Jenni	*La conquête des îles de la Terre Ferme*
6643.	Philippe Krhajac	*Un dieu dans la poitrine*
6644.	Eka Kurniawan	*Les belles de Halimunda*
6645.	Marie-Hélène Lafon	*Nos vies*
6646.	Philip Roth	*Pourquoi écrire ? Du côté de Portnoy – Parlons travail – Explications*
6647.	Martin Winckler	*Les Histoires de Franz*
6648.	Julie Wolkenstein	*Les vacances*
6649.	Naomi Wood	*Mrs Hemingway*
6650.	Collectif	*Tous végétariens ! D'Ovide à Ginsberg, petit précis de littérature végétarienne*
6651.	Hans Fallada	*Voyous, truands et autres voleurs*
6652.	Marina Tsvétaïéva	*La tempête de neige – Une aventure*
6653.	Émile Zola	*Le Paradis des chats*
6654.	Antoine Hamilton	*Mémoires du comte de Gramont*
6655.	Joël Baqué	*La fonte des glaces*
6656.	Paul-Henry Bizon	*La louve*
6657.	Geneviève Damas	*Patricia*
6658.	Marie Darrieussecq	*Notre vie dans les forêts*
6659.	Étienne de Montety	*L'amant noir*
6660.	Franz-Olivier Giesbert	*Belle d'amour*
6661.	Jens Christian Grøndahl	*Quelle n'est pas ma joie*
6662.	Thomas Gunzig	*La vie sauvage*
6663.	Fabrice Humbert	*Comment vivre en héros ?*

6664.	Angela Huth	*Valse-hésitation*
6665.	Claudio Magris	*Classé sans suite*
6666.	János Székely	*L'enfant du Danube*
6667.	Mario Vargas Llosa	*Aux Cinq Rues, Lima*
6668.	Alexandre Dumas	*Les Quarante-Cinq*
6669.	Jean-Philippe Blondel	*La mise à nu*
6670.	Ryôkan	*Ô pruniers en fleur*
6671.	Philippe Djian	*À l'aube*
6672.	Régis Jauffret	*Microfictions II. 2018*
6673.	Maylis de Kerangal	*Un chemin de tables*
6674.	Ludmila Oulitskaïa	*L'échelle de Jacob*
6675.	Marc Pautrel	*La vie princière*
6676.	Jean-Christophe Rufin	*Le suspendu de Conakry. Les énigmes d'Aurel le Consul*
6677.	Isabelle Sorente	*180 jours*
6678.	Victor Hugo	*Les Contemplations*
6679.	Michel de Montaigne	*Des Cannibales / Des coches*
6680.	Christian Bobin	*Un bruit de balançoire*
6681.	Élisabeth de Fontenay et Alain Finkielkraut	*En terrain miné*
6682.	Philippe Forest	*L'oubli*
6683.	Nicola Lagioia	*La Féroce*
6684.	Javier Marías	*Si rude soit le début*
6685.	Javier Marías	*Mauvaise nature.* Nouvelles complètes
6686.	Patrick Modiano	*Souvenirs dormants*
6687.	Arto Paasilinna	*Un éléphant, ça danse énormément*
6688.	Guillaume Poix	*Les fils conducteurs*
6689.	Éric Reinhardt	*La chambre des époux*
6690.	Éric Reinhardt	*Cendrillon*
6691.	Jean-Marie Rouart	*La vérité sur la comtesse Berdaiev*
6692.	Jón Kalman Stefánsson	*Ásta*
6693.	Corinne Atlan	*Petit éloge des brumes*

6694. Ludmila Oulitskaïa — *La soupe d'orge perlé* et autres nouvelles
6695. Stefan Zweig — *Les Deux Sœurs* précédé d'*Une histoire au crépuscule*
6696. Ésope — *Fables* précédées de la *Vie d'Ésope*
6697. Jack London — *L'Appel de la forêt*
6698. Pierre Assouline — *Retour à Séfarad*
6699. Nathalie Azoulai — *Les spectateurs*
6700. Arno Bertina — *Des châteaux qui brûlent*
6701. Pierre Bordage — *Tout sur le zéro*
6702. Catherine Cusset — *Vie de David Hockney*
6703. Dave Eggers — *Une œuvre déchirante d'un génie renversant*
6704. Nicolas Fargues — *Je ne suis pas une héroïne*
6705. Timothée de Fombelle — *Neverland*
6706. Jérôme Garcin — *Le syndrome de Garcin*
6707. Jonathan Littell — *Les récits de Fata Morgana*
6708. Jonathan Littell — *Une vieille histoire.* Nouvelle version
6709. Herta Müller — *Le renard était déjà le chasseur*
6710. Arundhati Roy — *Le Ministère du Bonheur Suprême*
6711. Baltasar Gracian — *L'Art de vivre avec élégance. Cent maximes de L'Homme de cour*
6712. James Baldwin — *L'homme qui meurt*
6713. Pierre Bergounioux — *Le premier mot*
6714. Tahar Ben Jelloun — *La punition*
6715. John Dos Passos — *Le 42e parallèle. U.S.A. I*
6716. John Dos Passos — *1919. U.S.A. II*
6717. John Dos Passos — *La grosse galette. U.S.A. III*
6718. Bruno Fuligni — *Dans les archives inédites du ministère de l'Intérieur. Un siècle de secrets d'État (1870-1945)*
6719. André Gide — *Correspondance. 1888-1951*

6720. Philippe Le Guillou — *La route de la mer*
6721. Philippe Le Guillou — *Le roi dort*
6722. Jean-Noël Pancrazi — *Je voulais leur dire mon amour*
6723. Maria Pourchet — *Champion*
6724. Jean Rolin — *Le traquet kurde*
6725. Pénélope Bagieu — *Culottées Livre II-partie 1*
6726. Pénélope Bagieu — *Culottées Livre II-partie 2*
6727. Marcel Proust — *Vacances de Pâques* et autres chroniques
6728. Jane Austen — *Amour et amitié*
6729. Collectif — *Scènes de lecture. De saint Augustin à Proust*
6730. Christophe Boltanski — *Le guetteur*
6731. Albert Camus et Maria Casarès — *Correspondance. 1944-1959*
6732. Albert Camus et Louis Guilloux — *Correspondance. 1945-1959*
6733. Ousmane Diarra — *La route des clameurs*
6734. Eugène Ébodé — *La transmission*
6735. Éric Fottorino — *Dix-sept ans*
6736. Hélène Gestern — *Un vertige* suivi de *La séparation*
6737. Jean Hatzfeld — *Deux mètres dix*
6738. Philippe Lançon — *Le lambeau*
6739. Zadie Smith — *Swing Time*
6740. Serge Toubiana — *Les bouées jaunes*
6741. C. E. Morgan — *Le sport des rois*
6742. Marguerite Yourcenar — *Les Songes et les Sorts*
6743. Les sœurs Brontë — *Autolouange* et autres poèmes
6744. F. Scott Fitzgerald — *Le diamant gros comme le Ritz*
6745. Nicolas Gogol — *2 nouvelles de Pétersbourg*
6746. Eugène Dabit — *Fauteuils réservés* et autres contes
6747. Jules Verne — *Cinq semaines en ballon*
6748. Henry James — *La Princesse Casamassima*
6749. Claire Castillon — *Ma grande*

Composition Imprimerie Floch.
Impression Novoprint
à Barcelone, le 30 juillet 2020
Dépôt légal : juillet 2020
1er dépôt légal dans la collection: avril 2006

ISBN 978-2-07-033638-8./Imprimé en Espagne.

369348